魔武士

6

新的危机

蓝晶　著

南海出版公司

2005·海口

图书在版编目（CIP）数据

魔武士. 6，新的危机 / 蓝晶著. —海口：南海出版公司，
2005.8

（英特颂玄幻系列）

ISBN 7-5442-3170-4

Ⅰ. 魔… Ⅱ. 蓝… Ⅲ. 长篇小说—中国—当代

Ⅳ. I247.5

中国版本图书馆 CIP 数据核字（2005）第 074345 号

MO WU SHI XIN DE WEI JI

魔 武 士 6 新 的 危 机

作　者	蓝　晶
责任编辑	杨　雯
特约编辑	刘　婧
装帧设计	朱　懿
出版发行	南海出版公司　电话（0898）65350227
社　　址	海口市蓝天路友利园大厦 B 座 3 楼　邮编 570203
电子信箱	nhcbgs@0898.net
经　　销	上海英特颂图书有限公司
印　　刷	上海市北书刊印刷有限公司
开　　本	850×1168 毫米　1/32
印　　张	7.75
字　　数	177 千字
版　　次	2005 年 8 月第 1 版　2005 年 8 月第 1 次印刷
书　　号	ISBN 7-5442-3170-4
定　　价	18.00 元

目录

① 人 性

勃尔日市政厅那震撼人心的位置大变动，除了将一大批高官显贵直接扔进了地狱深渊之外，也令勃尔日突然间多出许多空荡荡的豪宅。

虽然名义上，没有人能够因为一个人的罪责而剥夺他所属家族拥有的财富。但是，事实证明，当一个家族背负上沉重的罪名的时候，这个家族根本就没有力量保护住家族拥有的财富。

正因为如此，塔特尼斯家族那座历史悠久、曾经辉煌无比的祖宅，也成了无主的产业。

并非没有人看上这座在勃尔日绝对数一数二的宅邸，而是如今没有人敢得罪塔特尼斯家族。

事实上，在众人看来，惟一能够买下这座宅邸的，只有和塔特尼斯家族最亲厚的温波特家族和比利马士伯爵。其他人虽然有这样的心思，却没有这样的胆量敢染指这座宅邸。

身为钦差大臣的法恩纳利伯爵，顺理成章地将特别调查团安置在了这座"空闲"的豪宅之中。他还吩咐人，将塔特尼斯家族的宅邸恢复成为原来的样子。

任何人都能够猜到这位钦差大臣的意图。这位钦差大臣和塔特尼斯伯爵之间的友谊，原本就是路人皆知的事情。

系密特的房间，原本应该在他当年居住的地方，但是因为他和格琳丝侯爵夫人的关系，因此被安排到了格琳丝侯爵夫人的卧室旁边。这里原来是系密特的哥哥塔特尼斯伯爵的卧室。

至于那位法恩纳利伯爵，他占据了那座书房。

此刻，系密特正坐在格琳丝侯爵夫人外间的小客厅里，这里以前是沙拉小姐梳妆打扮的地方。

和以往一样，系密特坐在格琳丝侯爵夫人的膝盖上，以他们俩的关系说来，这种举动有些奇怪，不过对于系密特来说，他却能够感到一种别样的温馨。

波索鲁大魔法师和葛勒特将军正在书房中和法恩纳利伯爵交谈。他们很清楚，如果强迫系密特和他们一起去劝服这位国王的钦差，显然有些说不过去。

和格琳丝侯爵夫人闲聊着刚才在广场上看到的事情，系密特描述着碎鸡肉的味道。

"非常有趣，你让我回想起很久以前的事情。平民的生活，有的时候也非常有乐趣。"格琳丝侯爵夫人用低沉而缓慢的语调说道。

"也许你从这些碎鸡肉之中，感悟到了一些什么吧！"格琳丝侯爵夫人微笑着说道，她是个非常敏感的女人。

系密特和葛勒特侯爵以及波索鲁大魔法师一起回来。那两位一来到这里，便径直前往法恩纳利伯爵的房间，一直交谈到现在。

系密特和她说起刚才的经历，从那平平淡淡的讲述里面，

她却隐隐约约感觉到，系密特的语气中有一种看破人世的味道。聪明并且通晓人情世故的她，自然能够猜到一些事情。

"我感到非常无奈，也许还是做一个小孩更快乐。"系密特叹了口气说道。

"这似乎是每一个人都曾经感到烦恼的问题，并非只有你一个人才会有这种感觉。当一个人长大并且成熟的时候，总是会发现，与此同时他失去了很多东西。

"正因为如此，很多人经常会回忆起童年的往事。每当这个时候，总是会发出会心的微笑。不过，我相信没有多少人会为长大成熟而后悔。这是必然的事情，也是不可避免的事情。

"除此之外，还有一个原因。那便是当你还是一个小孩子的时候，虽然无忧无虑，但是却没有权力。

"我想，你也感受过，自己的选择没有得到认可，自己的意见没有受到重视，感受过自己受到大人的忽视。这就是小孩的无奈，也是小孩极力想要长大的原因。难道你全都已经忘记了？

"现在给你一个选择的机会，你是愿意继续长大，还是愿意仍旧是个小孩？"

格琳丝侯爵夫人的话，令系密特感到有些意外。本来他只是想发泄一下心里的感慨，没有想到格琳丝侯爵夫人居然让他在长大和仍旧是小孩之间进行抉择。

平心而论，系密特确实感到，随着长大成熟，烦恼变得越来越多。但是，和烦恼相比，更令自己感到满足的，就是获得别人的认同。

而那些认同自己的人之中，有国王陛下、教宗、大长老和

波索鲁大魔法师这些大人物。如果自己还是那个被玲娣姑姑严格约束着的小孩，就绝对不可能有这一次惊心动魄的冒险经历。

"也许，长大确实是一件不可避免的事情。"系密特叹息着说道。

正说着，突然间有人敲响了房门。

"格琳丝侯爵夫人、系密特，不知是否方便在这个时候打扰？"是法恩纳利伯爵的声音。

系密特连忙坐到对面的坐位上，而格琳丝侯爵夫人则轻轻地拉了拉裙边，站起身来，将房门打开。

"非常抱歉。"这位年轻的伯爵满怀遗憾地说道，"波索鲁大魔法师和葛勒特将军刚刚给我带来了一个难以抉择的问题。我十分希望能够听听两位的建议。"

系密特自然明白法恩纳利伯爵想要询问的到底是什么事。他也猜到了，这位伯爵大人只是想探听自己的意思。

听着法恩纳利伯爵的描述，系密特便明白了，这位国王陛下的宠臣显然已从陛下那里得知了有关克曼狄伯爵的事情。而且，他也从严厉的陛下那里感受到了那股怒气。

正因为如此，在描述中，法恩纳利伯爵好几次有意无意地提到了，陛下对这件事情已有了明确的论断，言下之意自然是不要违背国王陛下的心意。

说完这一切，这位国王的宠臣紧紧盯着系密特。

系密特完全能够猜到哥哥的这位坚定盟友的想法。刚刚建立起一些人际关系网的他，也许不会太在乎军人们的态度，不过，他显然并不希望得罪葛勒特将军和波索鲁大魔法师。

正如葛勒特将军和波索鲁大魔法师来找自己一样，法恩纳

利伯爵同样希望自己出面，拒绝那两位他不愿意得罪的大人物的请求。

看着系密特沉默不语，格琳丝侯爵夫人已经猜到发生了什么事情，她自然知道系密特此刻非常为难。

稍微思索了片刻之后，侯爵夫人淡淡地说道："伯爵大人，你对陛下应该非常了解。以你看来，如果某件事情已达到了令他痛恨的地步，他是否会因为几份报告，而改变他原来的决定？"

这位伯爵大人丝毫不敢因为格琳丝侯爵夫人是个女人而对她有所轻视。因为他早已从王后陛下那里，得知了这位侯爵夫人的智慧。

如果这还不算什么的话，那么他那位盟友塔特尼斯伯爵对于这位侯爵夫人的推崇，就不能不令他记在心底了。

塔特尼斯伯爵千方百计和这位侯爵夫人拉上关系，甚至利用自己的弟弟来建立起和侯爵夫人的紧密联系。当他听说这件事的时候，首先想到的，便是这位侯爵夫人肯定有着超凡的本领。

因此，法恩纳利伯爵对于侯爵夫人的话丝毫不敢轻视，他稍作沉思之后，才回答道："如果我的猜测没有错的话，应该不可能。陛下一旦做出决定，劝说并不足以令他做出变更。"

事实上，伯爵大人还隐藏了半句话没有说出来。如果强行使至尊的陛下改变主意，只会让他感到无比的恼怒和痛恨。

当初军方和那些顽固不化的老家伙们就使陛下怒不可遏。对于这件事情，法恩纳利伯爵至今记忆犹新。

"我还想问一件事情。宽容和记恨，哪一个更能够令国王

陛下认可？熟悉陛下的脾气，按照陛下的意思说话，和熟悉陛下的脾气，却说出更公正的话，哪一个更能够取得国王陛下的信任？"格琳丝侯爵夫人微笑着说道。

这一次，法恩纳利伯爵说不出话来了，他已经明白了侯爵夫人的意思。

给国王留下完美无缺的印象，正是他最希望做到的一件事情。在此之前，他总是极力表现出敬业、勤勉和有上进心的样子。当然，对陛下的忠诚和恭顺，也是他绝对不会忘记表现出来的优点。

事实上，在国王陛下的心目中，他曾是拜尔克所有年轻人应该学习的表率。不过，当塔特尼斯家族来到拜尔克之后，情况便发生了变化。

虽然他的表现近乎完美，但是和大塔特尼斯一比就差得太远了。大塔特尼斯在前往京城的路上，就为自己抹上了一层圣洁的光辉。而塔特尼斯这个姓氏，更已经和"天才"、"聪明"、"智慧"这些词划上了等号。

而经过这一次的事件，小塔特尼斯将成为国王陛下心目中最符合勇敢、无畏这一称号的人选。这原本是自己在看到大塔特尼斯的成功之后，转而追求的方向。

突然间，这位国王的宠臣感到一阵失落。他发现，最容易被记住、最值得称道的美德，全都被塔特尼斯家族的成员占据了。

无法成为圣贤和智者，而勇士、英雄的称号同样被人占据。如此一来，也许成为公正正直的法官之类的人物真的成了自己现在惟一的选择。

新的危机

看到法恩纳利伯爵沉默不语，格琳丝侯爵夫人继续说道："既然是这样，如何写报告就不重要了。

"陛下并非是一个容易被蒙骗的人，任何和这场战役有关的细节，都会传进陛下的耳朵。因此，由谁来写这份报告根本就没有任何关系。

"所以，这份报告与其说是向陛下陈述这里所发生的事情，还不如说是向陛下表现自己。同时，这份报告也是写给其他人看的。"

侯爵夫人的话，令法恩纳利伯爵的心怦然一动。他非常清楚，现在自己除了塔特尼斯伯爵，几乎没有一个真正的盟友。

因此，虽然看上去他深得陛下的信任和宠爱而风光无限，其实他的根基远比他的盟友浅薄许多。

他的盟友结识了无数狐朋狗友，这些人也许一无是处，但是他们所属的家族却会因为这样的关系，而对塔特尼斯家族有所倾向。

不过，塔特尼斯家族真正有力的援助显然来自塔特尼斯家族的幼子。系密特和教宗陛下、圣堂大长老以及波索鲁大魔法师之间的关系，是其他人难以企及的。这些人的影响力，绝不会因为国王陛下的个人喜好和国王人选的更替而改变分毫。

这样一想，法恩纳利伯爵马上意识到，现在应该是想方设法拉拢尽可能多的盟友，怎么能再给自己树一个仇敌呢？

想到这里，这位国王的钦差自然明白了应该如何做才好。

对格琳丝侯爵夫人表达了敬意和感谢之后，伯爵大人立刻告辞离去。他急着给葛勒特侯爵和波索鲁大魔法师回复消息。

"非常感谢，你又帮我解除了一次危机。"系密特叹息道。

"你只想说这些吗？"格琳丝侯爵夫人微笑着问道。她已看出，系密特还有另外一番感想。

"我想知道，刚才你所说的一切都是真的吗？"系密特问道。

"千真万确。难道你认为，法恩纳利伯爵是个容易被欺骗的人物？"格琳丝侯爵夫人并没有表示丝毫的惊讶，她平静地说道。

"无论那份报告到底如何，一切都无法改变？"系密特问道。

"你在陛下身边的时间已不算短了，难道还判断不出我们所说的是否是事实吗？"格琳丝侯爵夫人说道。

系密特沉思了半晌，默默地点了点头。在他的印象中，国王陛下确实是这样的人。

"葛勒特将军和波索鲁大魔法师，还期望着国王陛下能改弦易辙，看来他们是白费心思了。"系密特叹息了一声说道。

"我相信葛勒特将军和波索鲁大魔法师对国王陛下的性情和脾气也很了解。他们这样做，自有他们的道理。

"我曾经听一个人说过，任何一件事情都会有几个方面，只是看你从哪一个角度去看待罢了。葛勒特将军和波索鲁大魔法师的坚持和劝告，未必会使克曼狄伯爵获得已失去的奖赏，但至少能够令他免于不公正的惩罚。

"当最好的可能性不存在时，能够避免最糟糕的事情，这本身已值得庆幸。"格琳丝侯爵夫人淡然地说道。

系密特思索了片刻，点了点头："说这句话的人肯定是个哲

新的危机

人，对于这个世界有着透彻的认识。"

"那个人就是我的前夫，你不会嫉妒吧。"格琳丝侯爵夫人笑着说道，"他是不是哲人，我不清楚。我只知道，他对于这个世界确实有很深的了解。"

听到她这样说，系密特看了看这位比自己年长许多的未婚妻，试探着地问道："如果陛下并非是那种脾气，法恩纳利伯爵也未必这么容易劝服，你是否仍旧会劝说他？"

"你想要问的是，如果这件事情并不容易，我是否仍会帮助你？"格琳丝侯爵夫人一眼便看出了系密特的心思。她故作沉思状，然后问道："那么，你是否希望我帮你？"

"当然。"系密特立刻回答道。

"那么我的回答也是如此。毕竟我没有道理对你的烦恼置之不理，那并不能够让我感到更快乐。正好相反，或许会令我感到同样烦恼。"格琳丝侯爵夫人微笑着说道。

"我必须为一件事情而向哥哥表示感谢。是他让我认识了你。"系密特高兴地说道。

"噢，我比你大那么多，我青春不再，而且会更快老去。但愿到了那个时候，你仍然能够说出这句话。"格琳丝侯爵夫人叹了口气说。

"我丝毫不觉得你不够年轻，反而是你那种成熟的感觉深深吸引着我。"系密特说道，他的脸上露出了无比真诚的神情。

"好了，我不跟你玩恋爱游戏了，我还有许多事情要做。在法恩纳利伯爵忙于写报告的同时，我也得思考一下如何撰写我的报告。我很久未写过东西了，手都已经生疏了。" 格琳丝侯爵夫人说道。

9

不过，她那充满羞涩的神情却证明事实并非如此。系密特却不明白，他那圣堂武士的记忆在此刻丝毫帮不了他什么忙。

看着系密特离开时关上的房门，侯爵夫人忽然有一种失落的感觉。

"也许你还只是一个小孩，能够做出英勇的举动并非就是成熟的证明。"侯爵夫人喃喃自语道。

每逢盛夏季节，拜尔克的贵族和官员们会乘此机会，请求前往北方或者海滨视察，因为拜尔克的夏季远比别的地方要炎热许多。

天气最热的时候，即便仆人一刻不停地在旁打扇子，也丝毫无法驱除那难熬的暑气。然而，现在却没有一个人提出北上的请求，也没有人不知趣地表示想要前往海滨。

北方诸郡告急的警报如同雪片一样，飞到了各部的办公室桌上。对于这些身处京城之中的人们来说，每一份警报，就意味着必须派遣增援作战的兵团，同时必须增加一笔开支。每天从国库里调拨出来的款项，如同奔流的河水一般源源不断。

北方局势再一次变得紧急，使得各地的治安也变得紧迫起来。

虽然这一次未发生像上次那样的大规模迁徙，不过还是有许多人涌进了城里。上一次的人口普查花费了许多精力，但是现在却不得不再一次重新审核一遍。

而最新的税收修订，又给官员们增添了更多的烦恼。更多的工作，更多的报表，更多的报告，但是北方的局势反而越来越紧急。

新的危机

所以，在拜尔克最闷热的日子里，各个部门办公室的灯光常常彻夜不熄。其中最忙碌的，除了统帅部和参谋部之外，便是财务大臣塔特尼斯伯爵的府邸。

这里早已成了财务部的临时办公室。

尤其是最近几天，这里快要成为国王陛下的临时行宫了。在这样紧张的局势之下，至尊的陛下希望随时知道每一笔开支的用途和方向。

前任财务大臣亨利侯爵和蒙森特郡的那一大批官员随意挪用款项、造成巨额亏空的事实，令这位至尊的陛下感到提心吊胆。

因此，陛下对于他的金库比以往任何时候都更加关心。甚至连塔特尼斯伯爵的忠诚，也无法让他感到放心。

除此之外，还有另外一个原因。

这绝对是一件让人意想不到的事情。那用纵横交错的巨大石块堆叠起来的塔特尼斯家族府邸，居然奇迹般地成了拜尔克城里最凉爽的地方。

这又引起了拜尔克人的一片惊叹之声，那些建筑师们用各种各样的方式来解释这件有趣的事情。

有的人说，是塔特尼斯家族府邸中那个巨大的天井起到了抽离热气的作用。

有的则说，是那整块堆垒的岩石阻挡住了外面的热浪。

还有人说，是因为那些开阔的根本就没有门的结构，令气流通畅，流动的空气形成了自然的凉风。

更有人认为，是这座宅邸各层楼覆盖的厚密植被以及布满每一个房间的金属管道，令整座宅邸远离炎热。

不管那些建筑师们如何争论，塔特尼斯家族这座奇特的宅邸成了全城最凉爽的地方。

如果不是因为国王陛下整天待在这里，许多大人物会找寻各种各样的机会，在最炎热的时候前来拜访这位财务大臣。同样，因为国王陛下成了这里的常客，京城中许多有势力的大人物只好打消了购买这座宅邸的念头。

幸好，北方的警报在连续不断地传来了十多天之后，渐渐平息了下来。

被紧张的局势弄得提心吊胆的各部门官员们，一下子被这突如其来的好消息弄得有些不知所措。让他们感到头疼的是如何处理堆积在手头的工作。

这些工作有的快要完成，有的只进行到一半，但是现在，所有的工作一下子全都变得毫无意义。在最闷热的日子里加班加点的官员们，首先想到的并非是为了胜利而庆祝，而是充满了抱怨。

按照许多人的意思，这场仗无论如何都应该再持续一个星期到半个月，这样才不辜负他们在最炎热日子里的辛苦工作。

除此之外，还有另外一个原因。这场战役结束得太迅速，以至于他们的工作还没有派上用场，在按功行赏的时候，自然也没有他们的份额。因此，各个部门一下子松懈了下来，这些官员们全都不约而同地放下了手头的工作，请求休假。

而心情变得愉快起来的国王陛下，并没有因为北方局势暂时稳定下来，就允许如此众多的官员同时休假，那样许多部门将陷入瘫痪。

不过这位陛下倒也想到了，应该让这些大臣和重要部门的

官员们稍微舒服和轻松一些。以往遇到这样的情况，他总会重新打开奥墨海宫的大门，让官员们在这个地方办公。奥墨海宫前面的湖泊和山上的冷风，能够令炎热的夏季变得稍微好过一些。

现在，塔特尼斯家族宅邸自然成了首选。

因为至今无法确知的原因，这座奇特建筑的大厅里面，任何时候都能够感受到习习凉风吹拂而过，凉风中还带着一股玫瑰花的馥郁清香。

当初塔特尼斯伯爵为了招待那些狐朋狗友，让众人在他的宅邸流连忘返，还大动了一番脑筋。因此，宅邸里面的布置虽然比不上真正豪门贵族世家宅邸，不过单论起享受来，这里的一切确实称得上独一无二。

由于这一次是国王陛下的提议，因此这位慷慨的陛下拨出了一笔专款，对这座宅邸重新进行了修缮。惟一的改动，便是地上的地毯和四周墙壁上的壁画。

这位至尊的陛下，惟独对这两样装饰很不满意。每一次来到塔特尼斯家族的宅邸，他总是暗自认为，这两样装饰大煞风景。不过他曾经训斥过这里的主人不应该奢侈糜费，自然不能出尔反尔。

包括国王陛下在内，京城中的人们很快便发现，塔特尼斯家族的成员在继承了聪明的头脑和与生俱来的音乐天赋的同时，也继承了一个极大的缺陷。这个家族的成员，对于绘画的欣赏和分辨能力，几乎到了无知的地步。

一直以来，这位至尊的陛下都只能够对这两件品味拙劣的败笔视而不见。而这对于他这样一位事事追求完美并且信奉品味至上的人物来说，确实是一件难以忍受的事情。这一次，至尊的陛下总算找到了一个借口，将这惟一的败笔修改过来。

事实上，这一次的修缮工作是由他亲自布置的，并没有让宅邸的主人插手。毕竟塔特尼斯家族的成员，在绘画方面的眼光叫人不敢恭维。

国王陛下一边修缮塔特尼斯家族的宅邸，一边宣布要召开一系列的国务会议。举行会议的地方，自然是塔特尼斯家族宅邸的财务部临时办公室。

那些接到通知的大臣和重要官员们，带着自己的随从，在晌午时分、渐渐热起来的时候，便来到了这座著名的豪宅，开始整理国务会议的数据，顺便处理公务。

塔特尼斯豪宅的享受生活，本来就是拜尔克竞相模仿的时尚，这里飘荡着从来不曾间断的美妙音乐，还有味道甜美的葡萄酒，更有各种香精随时能够取用。

尽管拜尔克有无数豪门试图模仿这里的生活，但是，能够达到一半水准的都少之又少。因为，除了这位财务大臣，只有国王陛下身边拥有如此众多的能工巧匠。塔特尼斯家的仆人中有最优秀的调酒师、香料师和药剂师，这是众人皆知的事情。其他人哪有这样大的手笔？

那些大臣们甚至祈求国务会议能够开得尽可能长一些，最好能够在这里度过整个炎热的夏季。

和悠闲的大臣们成为对照的，是统帅部中的将领们。北方瞬息万变的局势，让他们的心一直悬在半空中。

对于官员们来说，胜利的捷报仅仅意味着他们的工作完全白费了功夫。但是，对于统帅部的将领们来说，那些已派往北

方、如今却滞留在半路上的兵团，应该如何处置？那些发下去的物资还有津贴，现在应该如何处理？所有这一切，都令他们感到棘手。

不过最让人头痛的问题，便是国王陛下对于克曼狄兵团的处置。统帅部里，几乎每一个人都对这件事有着不祥的预感。所有人都知道，克曼狄伯爵选择了一个极为错误的时机，对一个极为错误的对象，做了一件极为错误的事情。

在御前会议上，亲眼看到波索鲁大魔法师展示那惊心动魄的一幕的人，单单统帅部就有十几位。因此，当他们看到克曼狄伯爵呈上来的捷报时，有人便破口大骂起来。

从幻境中看到那一幕的人全都明白，国王陛下看到这份报告会有什么样的结果。毫无疑问，本来就疑心重重的国王陛下会对军队更加不信任。

所以，当陛下愤怒地将那份报告重重地扔在统帅部的将领们面前的时候，没有一个人说得出话来。

国王陛下将如何处置克曼狄伯爵？这就仿佛是一块巨大的岩石，悬在统帅部每一个将领的心头。

当克曼狄兵团增援的那座山峰的洞口已被魔族挖开的警报传来，所有人的心都悬到了嗓子眼。

但是，和频频传来的所有危急的警报一样，仅仅十几天之后，一切又归于平静。

和其他部门的官员不同，统帅部里的每一个人并没有完全放下心来，因为他们非常清楚，真正的难题还没有到来。

如果当初那份捷报刚刚到达的时候，立刻给予克曼狄伯将军以处罚，结果可能会好许多。但是现在，当所有仇怨与纷争、功劳与过失全都卷在一起的时候，就连塞根特元帅也不知道，应该如何对待这位功勋卓著却劣迹斑斑的前线统帅。

这是一个等待着揭开谜底的谜团。

此时，北方军团的战役总结报告和北方领地巡视报告同时到达，预示着谜底即将揭晓。

那份战役总结报告，统帅部里面的高级将领全都过目了。这份出自葛勒特将军的呈文并没有超出众人预料之外。

在这份报告之中，首先被提及、同时也是最详尽和重要的部分，便是塔特尼斯家族幼子的功勋。至于对克曼狄兵团，所有的措辞都显得极为小心谨慎。

这位北方军团的统帅尽可能用非关评论的语调，将克曼狄兵团的所有功绩简单地罗列了出来，并且单独列出了一份处于不同战场的三支队伍的伤亡报告。

至于克曼狄将军呈上去的那份捷报，葛勒特将军同样没有多做评论。他只是将葛勒特将军违反军事令责之中的有关条例写了出来。

这份报告堪称公允。

不过，统帅部的高级将领们非常清楚，这份报告从分量上来说，还远远比不上另外一份报告。

毕竟葛勒特将军代表着军队，而克曼狄将军又是他最得力的部下，谁都不会认为葛勒特将军的报告没有丝毫偏袒。而任何成见，足以轻易抹煞这位北方军团统帅的一片苦心。

但是，对于法恩纳利伯爵会在报告上写些什么，统帅部中的大多数人连一点信心都没有。

　　星期天本应是休息的日子，然而，那些重臣和高官却都在加班。不过因为本是休息日的原因，大家的工作都非常清闲。

　　许多人聚拢在底楼的客厅里，一边欣赏着宫廷画家为气派而别致的大天井创作的组画，一边享受着塔特尼斯宅邸提供的极为周到的款待。

　　这些悠闲的大臣之中，正有人轻声嘲讽着那位宫廷画家的工作进展得太缓慢。而听到这番话的人，则露出了意味深长的笑容。

　　正在这个时候，宫廷总管阿贝侯爵走了出来，他的手里拿着一份名单，按照名单召集着群臣。

　　"刚才被叫到名字的各位请留下。至于未被叫到名字的先生，陛下说了，各位非常辛苦，请暂时休息一天。"

　　按照那份名单念了一遍之后，这位宫廷总管用淡然的语调说道。

　　听到这话，那些没有被点到名的大臣们，只好无可奈何地离开了塔特尼斯家族的宅邸。外面的太阳正灼烤得厉害，地面更是烫得能够煮熟鸡蛋。

　　当大臣们留恋地离开这座拜尔克最知名的豪宅的时候，几辆没有任何装饰的马车匆匆忙忙地驶了过来。

　　在塔特尼斯家族宅邸，本来伺候在大厅的仆人们已经离开，宫廷侍从取代了这些仆人的位置。大厅正中央早已放好了一张光可鉴人的会议桌，桌子尽头放置着一张宽大的沙发。这张沙发显然临时充当了国王的宝座。

　　毕竟，塔特尼斯家族不可能有宝座和王冠之类的东西。

　　无论是早已守候在这里的官员，还是刚刚来到的人，全都

在各自的位置上坐了下来。

一阵脚步声从空荡荡的楼上传来，至尊的陛下终于出现在了三楼的楼梯口，陪伴在他身边的，正是这里的主人——财务大臣塔特尼斯伯爵。

而这位国王陛下的身后，跟随着两位圣堂武士大师。

坐在正中央的沙发上面，那位至尊的陛下扫视了众人一眼，过了好一会儿才缓缓说道："大家应该听说了，葛勒特将军和法恩纳利伯爵的报告已经递交到我的手中。

"从某种意义上来说，这一次的战役算是告一段落。虽然北方领地还有一些零星的战斗，但是我可以告诉各位，这次对抗魔族的战役，我们又取得了胜利。"

虽然早已知道了北方的胜利，不过群臣们仍然发出一片欢呼声，以应和这位至尊的陛下。

"这场胜利是众人努力的结果，更有许多人为此付出了巨大的牺牲。对于这些有功之臣，我们每一个人都绝对不会忘记他们……"

陛下开始滔滔不绝地演说起来，配合着那慷慨激昂的演说，群臣们个个显露出激动万分的神情。但是，几位来自统帅部和参谋部的高级军官们却是一脸紧张的神情。

"下面，我让阿贝侯爵，念一念法恩纳利伯爵和葛勒特将军的报告。他们的报告，能够让我们清楚地知道，谁在这一次的战役中做出了卓越的贡献。"

"等到念完他们两位的报告之后，我需要各位讨论一下，应该给有重大贡献的人什么样的嘉奖？"这位国王陛下悠然说道。

　　宫廷总管站到国王陛下的身旁，他优雅地拿起一份报告，轻轻舒展开举在眼前，用异常清晰的声音朗读起来。

　　下面的群臣全都屏住了呼吸，聚精会神地听着。所有人都想知道，谁将有幸成为受到奖赏的人。

　　在场的每一个人心里都非常清楚，所谓的讨论，只不过是如何揣摩国王陛下心思的问题。

　　事实上，在看到这两份报告的时候，至尊无上的国王陛下肯定已经想好了给予每一个人的赏赐。而陛下不过是需要借众人之口宣布出来而已。

　　因此，众人都聚精会神地听着，惟恐漏掉了一个字。

　　几位将领同样神情专注，不同的是，他们是想知道法恩纳利伯爵对于克曼狄将军的描述。

　　这将关系到一支功勋彪炳的兵团的命运，同时将关系到北方领地军人们的士气和斗志。

 2　论功行赏

　　优雅的诵读声，回荡在塔特尼斯家族别致的大厅之中，那高耸的天井，令阿贝侯爵的男低音显得更为浑厚。看来，当初宅邸的主人将歌剧院的设计套用到这里，确实没有白费心思。

　　在场官员中的大部分，对于阿贝侯爵到底念些什么并不感兴趣。不过有一群人却竖起了耳朵，全神贯注地听着，那便是塞根特元帅和他的忠实部下们。

　　直到刚才，法恩纳利伯爵的报告对于他们来说，都是未曾揭开的谜底。在许多人看来，这份报告将会成为灾难的源头。

　　现在，听着阿贝侯爵念诵法恩纳利伯爵的报告，这些军方的将领们稍稍放下了一些心。

　　法恩纳利伯爵的报告，并没有出现他们想像中的落井下石的言辞。相反，这份报告能称得上公正和真实。

　　塞根特元帅转过头，朝他的老朋友参谋长望去，他看到后者也正望着他。从老朋友的眼里，他看到了一丝讶异。除此之外，还有隐隐约约的一丝忧虑。

　　惊讶的神情也显露在其他大臣们的脸上。这篇报告的内容，

全都出乎他们的预料。

虽然国王陛下最宠幸的情妇的弟弟，从来不是他们真正了解的人物，不过在座的人当中没有一个认为，这位法恩纳利伯爵大人是一个心胸宽广、品格高尚、如同圣贤一般的人物。

那些脑子较为灵活的人转念间便猜到了这位国王宠臣真正的意图。这些头脑灵活的人之中，自然包括那位伯爵大人最忠实的盟友——塔特尼斯伯爵。

系密特的哥哥嘴角显露出一丝微笑。没有人说得清，这一丝微笑之中隐藏着的是真实的喜悦，还是淡淡的嘲讽。

不过，在国王陛下看来，自己手下的能臣所表现出来的，绝对是对于盟友最忠诚的感情。

尽管国王非常痛恨群臣私下拉帮结派，但非常矛盾的是，他却偏偏希望法恩纳利能够和塔特尼斯家族的成员结成牢固的联盟。

就连至尊的陛下自己也不明白，这到底是为了什么？是因为他心爱的伦涅丝，还是因为依维能够得到王后的友谊？因为这样一来，他便得以避免在王后和伦涅丝之间做出痛苦的最后抉择。

说实话，依维的这篇报告令他感到相当满意。

虽然北方领地远在千里迢迢之外，不过那里所发生的任何事情，身为一国之君的他都知道得一清二楚。道格侯爵每天都会给他送来一封密函。更何况除了道格侯爵之外，北方领地还有其他密探会不断地将重大消息报告给他。

至于依维在报告里面写些什么，他根本就不在意。不过这份报告却令他有些欣喜，因为，他总算有了提拔依维的绝佳借

口。

以往，在他打算让依维升职的时候，总是有人提出反对意见。平心而论，他也认为依维虽然很有才能，但还不够成熟，更缺乏足够强大的背景。

现在，这份报告已明明白白地证明了，依维正变得越来越成熟。只要一想到这里，这位至尊的陛下便感到无比欣慰和喜悦。

"在座的各位，我们是否应该对让我们获得平安的英雄们有所表示？"国王问道。

无论谁都听得出来，这位至尊的陛下真正想要有嘉奖的，是他最信任的那几个宠儿。

"是的，是的。"

"毫无疑问。"

没有人会在此时扮演煞风景的角色，每一个人都在满口叫好。

看到群臣纷纷响应，这位至尊的陛下感到心头一阵快意。他感觉到，经过了严厉的整肃，现在的他再一次找回了国王应有的威仪。

至于如何进行嘉奖，昨天晚上他就想好了。但是现在，被塔特尼斯家族宅邸那凉爽的清风一吹，这位至尊的陛下又冷静了下来。

他突然感到，昨天晚上的考虑有些欠妥。

以往，他考虑的最多的便是如何论功行赏。不过上一次胜利之后的赏赐已经证明，只依靠功劳来进行赏赐，对于帝国的稳固根本起不到多大的作用，相反，很可能让那些未得到奖赏

的人心存怨愤，勾心斗角。

国王看了一眼底下的群臣，只见他们目光交错，仿佛在无形之中编织成一张繁复而巨大的网。

最近几天，各种各样要求赏赐的报告，早已堆满了他的桌面。陛下对此异常厌恶，但又无可奈何。

这位至尊的陛下，突然明白到自己上一次的失误在哪里了。

上一次自己按照功勋的大小，将恩泽均匀地分布于所有人的头上。人性的本质便是难以满足，而且对于自己的功劳总是过于夸大，却看不到别人的贡献。

陛下突然想起了那位创造了这个世界的父神。

在世人心目中，至高无上的父神是公正和明智的化身，但是他并没有试图让每一个人都拥有同样的幸运和苦恼。

就像正坐在自己面前的这些人，他们毫无疑问都是幸运儿。他们尊贵的出身令他们不用做太多的努力，便能够得到别人做梦都想不到的一切。

如果将命运也当做是一种奖赏，那么至高无上的父神显然是不公正的。

不过这种不均衡却显得异常平衡。在历史的漫漫长河之中，虽然有许多王朝出现和消失，不过这金字塔一般的社会结构却从来没有被动摇过。

那些高高在上的人，拥有各种各样的名称——首领、领袖、元首、执政官、国王、皇帝，或者是苏丹、可汗、头人，但是其实质永远不会改变。

总会由这些幸运儿统治着无数没有那么幸运的人。同样，也总是有那么一群仅次于最幸运的人的人群，来维系那金字塔

一般的社会。

也许自己应该向至高无上的父神学习。

像上次那样，付出为数不少的奖赏，却惹来巨大麻烦。绝对不能重蹈覆辙。只有那些能够让帝国变得更加巩固的奖赏，才是正确的选择。

现在，他已经有了一个好主意。

这一次得到丰厚奖赏的，必须是一群能够对自己感恩戴德的人。而且这群人必须能够聚拢成为一团。

得到丰厚奖赏，本身便让他们成为其他人嫉妒和怨恨的对象，如果他们自己不能团结在一起，甚至互相产生摩擦，那么必然像克曼狄那样，成为居心叵测者的武器。

陛下想起道格侯爵呈给他的那些报告。

不错，这一次塔特尼斯家族幼子的功勋最卓著，原本他打算给予这个奇迹般的少年史无前例的重用和提拔。

但是现在冷静下来想一想，这样做可能会适得其反。塔特尼斯家族并不需要太多的名望，塔特尼斯已是京城之中最引人注目的名字。

事实上，在陛下看来，塔特尼斯家族的声望已大大超越了这个家族应有的等级。拜尔克绝对不缺乏侯爵和公爵，却没有一个名字比塔特尼斯更加响亮。

同样，这个家族也不用太多的恩宠。

这个家族成员的才能，加上自己和约瑟对于他们的倚重，足以让京城中的每一个人相信，塔特尼斯家族将成为京城之中的豪族。

这一点就连依维也难以企及，毕竟他还未得到约瑟的认同。

给予塔特尼斯家族幼子过多的奖赏，显然没有必要。更何况，自己原本希望这个奇迹般的小孩能够替他化解伦涅丝和王后之间的隔阂。如果现在便给予塔特尼斯家族幼子太高的地位，就有些不太合适。

不给予这个小孩应有的奖赏，正好能够压制那些企望得到太多奖赏的贪婪之徒。只要将两者之间的功勋进行简单的比较，便足以将任何反对的声音压制下去。

不过，对于塔特尼斯家族还是要有所表示。陛下立刻想起了当初财务大臣贡献的那一百万金币。这是一个极好的借口。

事实上，陛下觉得，身居财务大臣这样的要职，伯爵的爵位显然有些低微了。财政官署里面就有好几位侯爵，作为下属，他们和大塔特尼斯之间的关系不免有些尴尬。如果不是因为炎炎盛夏之中，这座宅邸是最好的避暑胜地，那几位官员也许就不会出现在这里。

此外，那几个和塔特尼斯家族幼子一起从奥尔麦森林里面冲杀出来的人，也是名副其实的勇士。在当前的局势下，丹摩尔帝国极为需要这样的人物。将来约瑟坐在这个位置上，他们可能会成为不可多得的人才。

现在的长老院里面净是些一无是处的蠢材，能够派上用场的人，除了依维和塔特尼斯家族的成员，几乎再也找不到其他人。一想到这里，陛下便感到有些可笑，这曾经被他看做是前半生的成功，但是此时只能让他感到深深的无奈。

忽然，陛下又想起了另一份报告。那份报告中提到的功勋，在这一次北方的胜利之中显得并不起眼，但是陛下发现在这上面却可以大大地做一番文章。

在这份报告中提到了那威力惊人的炸雷。虽然消灭了一支魔族小分队的功勋，无法和克曼狄兵团和葛勒特将军在矿山取得的战果相提并论，不过想要让这个功勋变得醒目却是轻而易举。

这位至尊的陛下，不曾忘记波索鲁大魔法师告诉过他的那番话。也许是因为谦逊，也许是因为这些超凡脱俗的人根本就不在意功勋和荣耀，无论是波索鲁大魔法师，还是圣堂大长老，都将他们的成就归于从那份报告之中偶然受到的启迪。

这位至尊的陛下相信，如果此刻这两位高贵而又睿智的人物站在这里，他们同样会坚持当初的说法。

如果将这个小小的功勋当做整个胜利的基石，想必有这两位高贵而睿智的人物的证实，便完全可以认为是确定无疑的事情。

这样一想，这位至尊的陛下开始思索，应该给予这支兵团一些奖赏。陛下对于这支兵团远比对克曼狄兵团要放心，在他看来，这支兵团的忠诚度甚至超过了葛勒特侯爵。这完全是因为，这支兵团和塔特尼斯家族拥有着千丝万缕的联系。

陛下还从来没有看到过，塔特尼斯家族的幼子对某个人如此充满了敬意，而那个人居然只是一个小小的巡逻队长。而且这个兵团中还有一名军官和塔特尼斯伯爵是连襟。

如果将这样一支兵团扶植上去，他们将会和塔特尼斯家族保持微妙的关系。

这位至尊的陛下，已厌烦透了军队之中盘根错节的关系网。在他看来，在这件事情上，就连塞根特元帅和葛勒特将军也毫无例外的卷入其中了。

新的危机

　　他迫切希望着能够在军队中拥有一股忠诚于他的势力。而这支原本并不起眼的兵团，此时进入了他的视线。

　　对他们的奖赏应该特别丰厚，这些做出贡献的将士已成为被陛下看中的幸运儿。他将如同幸运之神一般，将好运降临在这些人的头上。

　　给他们些什么？

　　从上一次的经验看来，给予过多的金钱不会起到太大的作用。巨额的奖金分散到每一个士兵手里，就已剩不下多少了，而且太多的金钱只会让得到赏赐的士兵变得贪婪。更何况国库并不宽裕，也绝对不允许他这样去做。

　　陛下很清楚，现在他手里什么东西最宽裕。绝对不是黄澄澄的金币，而是北方领地空出来的大量职位。他也非常清楚，那些接受赏赐的人更希望得到的是职位或爵位的晋升，而不是金钱。

　　金钱总会被消耗一空，但是得到政府公职就完全不同。对于普通人来说，一个安定的公职能够让他们全家衣食无忧。而一旦捞到一个美差，脑子灵活的家伙就能让钱财滚滚而来。

　　至于爵位，更是普通人梦寐以求的东西。哪个平民不曾梦想着有朝一日能够成为贵族？

　　原来国王陛下考虑到授予太多的爵位会令贵族头衔过于泛滥，对王朝的未来产生不利的影响。但是危机当前，入侵的魔族来势汹汹，而偏偏后方还有一大群家伙在扯后腿。

　　如果不解决好这些问题，丹摩尔王朝将会像曾经辉煌的古埃耳勒丝帝国一般，消逝在历史的长河之中。和这样严重的后果比较起来，给予一些下级爵位和政府职位，根本就算不了什

一想明白这些，这位至尊的陛下马上知道自己应该如何去做。如果说以往的决断全都是例行公事的话，那么这一次的决定，便是他平生最得意的谋略之一。

詹姆斯七世轻轻地挥了挥手，打断了一位正在慷慨激昂谈论着自己战绩的臣子的发言。

"列位所提的建议，我认为都非常有道理。"这位至尊的陛下淡然地说道，"法恩纳利伯爵和葛勒特将军传来的这两份报告，让我们对于前方发生的一切有了深刻和全面的了解。

"我相信，各位在之前的御前会议上都亲身经历了那惊心动魄的一幕，感谢神奇的魔法，让我们亲眼看清可怕的魔族，并且还能完好无损地活在世上。"

说到这里，陛下的脸色有些发白。对于他这样年纪的老人来说，波索鲁大魔法师当众展现的那一幕确实过于刺激了，现在想起来他还感到有些心惊肉跳。

朝两旁扫视了一眼，陛下从群臣的眼神之中，同样看到了一丝震惊和迷惘，显然他们也对那一幕记忆犹新。

"因此，在座的各位包括我在内，也算是亲身经历过了那场令人毛骨悚然的可怕灾难，对那些使我们从恐怖的梦魇之中解脱出来的人，我们应该表示感谢。"

说到这里，年迈的国王陛下轻轻地拿起了两份报告。

"当魔族突侵北方领地的时候，葛勒特将军和法恩纳利伯爵是驻守在那里的最高军事和行政长官。按照惯例，他们俩都将得到最高的功勋。

"事实上，上一次胜利葛勒特将军便因为这个原因获得了

最高的功勋。这一次，如果不是因为被围困在波尔玫，无法顺利指挥整个北方兵团，第一功勋本应属于他。

"值得庆幸的是，当葛勒特将军被困无法脱身的时候，法恩纳利伯爵挑起了拯救战局的重担。北方的局势没有彻底崩溃，想必各位都同意法恩纳利伯爵功不可没。

"法恩纳利伯爵前往北方并非是为了抵抗魔族入侵，而是为了彻查北方领地隐藏的'蛀虫'。对于这项任务，法恩纳利伯爵完成得相当出色，不但查清了北方领地历年积欠下来的大笔亏空，还挖掘出一连串肥硕的'蛀虫'。

"在我看来，这丝毫不比成功抵御住魔族入侵的功勋逊色。无论是魔族，还是那些'蛀虫'，都足以令丹摩尔王朝轰然倒塌。

"因此，这两件功勋加在一起，足以令法恩纳利伯爵获得这一次胜利的第一功勋。"

说到这里，至尊的陛下朝着下面扫视了一眼，他最注意的是两个人。

其中的一个便是年迈的老元帅，从塞根特的眼神中，陛下没有察觉到丝毫惊讶的神情。或许这早已在他的预料之中。

国王感到一丝宽慰，如果现在没有反对的声音，那么会议之后也不会有人站出来反对。

而另外一个便是塔特尼斯伯爵。令他感到宽慰的是，他并没有从塔特尼斯伯爵的脸上看到一丝嫉妒的神情。

"既然列位全都同意这项提议，那么大家商量一下，应该给予法恩纳利伯爵什么样的奖赏。

"由于魔族尚未被彻底消灭，未来的战局仍然难以预料，无论是国库还是北方领地都极度缺乏金钱，因此，不能像上一

"我非常清楚法恩纳利伯爵的为人,他是一个看重荣誉却不在意金钱的人,也非常清楚国库空虚的情况,他绝对会接受我们给予他的任何形式的奖励。"

为了让群臣们的提议更为有效和集中,陛下做出了再明显不过的暗示。在座的众人之中也没有一个是真正的傻瓜。几乎每一个人都明白,法恩纳利伯爵渴望得到的是什么,也非常了解,国王陛下最希望给予宠臣的又是什么。

反正丹摩尔王朝绝对不会在意多一个侯爵。以往内阁和长老院之所以排斥法恩纳利伯爵,与其说是为了争夺利益,倒不如说是某些人的意气用事。而此时,在经历了一连串事情之后,每一个人好像都开窍了。

总理大臣佛利希侯爵象征性地和身边的几个内阁重臣商量了几句,便同时站起身来,向詹姆斯陛下提议,晋升法恩纳利伯爵为侯爵。

如愿以偿地让宠爱的臣子得到了想要给予他的奖励,陛下的脸上露出欣慰而得意的笑容。

不过,当他看到塔特尼斯伯爵的嘴角也挂着一丝淡然的微笑的时候,至高无上的陛下感到一丝愧疚。

如果要将这次的胜利归功于哪一个人的话,塔特尼斯家族的幼子是理所当然的首选。依维之所以能够顺利地摘取第一功勋,与其说是因为他的功绩,还不如说是群臣投自己所好。

另外,依维和塔特尼斯家族无比亲密的关系也是一个原因。虽说这个世界上并不存在永恒的盟约,不过至少有一件事情可以肯定,那便是——只要自己还活在这个世界上,只要伦涅丝

和依维未失去自己的宠爱，聪明如塔特尼斯伯爵这样的人物绝对不会放弃和依维的联盟。

对于塔特尼斯家族，同样需要给予足够的赏赐。陛下非常清楚，如今内阁和长老院里，真正能够帮得上他的忙的就只有塔特尼斯家族，以及和塔特尼斯家族有关的那几个家族。

曾经人才辈出的京城拜尔克，已经被虚华和堕落所湮没。

如果说拜尔克曾经是一座充满了危险也有着无限生机的幽深森林，那么在自己的刻意营造之下，这里已变成了一座温室暖棚。

没有大树，也没有隐藏在树丛之中的猛兽，这里只能生长娇弱的鲜花。

每当夜深人静的时候，陛下便会陷入沉思，这到底是一件好事，还是平生最糟糕的选择？

"我相信，将第一功勋给予法恩纳利伯爵是公正的。不过我知道，从做出贡献的大小来说，有一个人，也只有一个人，有资格对我们提出质疑。这个人便是塔特尼斯家族的幼子——系密特·塔特尼斯勋爵。

"众所周知，是他冒着常人难以想像的危险深入丛林搜索魔族的踪迹，也是他令冰雪覆盖的山峰彻底崩塌，将漫山遍野的魔族以及深藏在山谷里的魔族全部埋葬。

"我相信，即便将参与战役的魔法师和圣堂武士算上，也没有哪个人消灭魔族的数量能和小系密特相提并论。

"从某种意义上来说，幼小的他凭着个人的力量赢得了战役的胜利，其后的争斗与其说是战役的延续，还不如说是收尾更为合适。

“我相信，大家对那震撼人心的一幕记忆犹新，有好几位先生甚至无法坚持看完。

“要知道，塔特尼斯家族的幼子当时就在那里，没有人能够给予他援助，方圆数十里之内没有第二个人的踪迹。

“我不知道是否曾经有人肩负过如此沉重的使命，我只知道，绝对不会有另外一个相同年龄的小孩，曾经做出这样的壮举。

“我想像不出什么样的奖赏，才符合这样伟大近乎神迹的功勋。事实上，我能够想到给予小系密特的，只有一个称号而已。

“‘英雄’……

“不过，只有这样一个称号，显然说不过去。最近几天，我都在为如何给予塔特尼斯家族幼子赏赐而烦恼。

“如果他的年龄稍微大一些，十七岁或者只要十六岁，就好办多了。无论是爵位上的晋升，还是授予骑士称号，即使让他统帅一支兵团想必也没有人会反对。

“但是他偏偏只有十四岁，幼小的年龄令我感到束手无策。虽然丹摩尔王朝不乏高等爵位的小孩，不过那些爵位都是世袭而来的。

“无论是在丹摩尔历史上，还是更古老的史册中，都不曾出现过给予年幼小孩爵位晋升的记载。

“我并非不愿成为开拓先例的人。只是我有些担忧，小小的年纪便获得如此高的爵位，对于塔特尼斯家族幼子以及其他人，也许并没有什么好处。

“因此，我决定将这个巨大的功勋，暂时保存起来。等到

新的危机

塔特尼斯家族的幼子长大一些，等到他的年龄和地位相符合的时候，我会将亏欠他的一切重新还给他。

"不过，现在我们还是要有所表示。

"在丹摩尔王朝的历史上，曾经出现过一位第一公爵。众所周知，那是我的先祖西赛流三世，给予在王朝最危险的时期，捍卫了王朝的平安的伯雷元帅的称号。这是前所未有的殊荣，在其后的几个世纪里，再也没有人得到这样的封赏。

"而现在，我就将第一的称号给予塔特尼斯家族的幼子。虽然不是公爵，而是第一勋爵，不过我相信，这同样是绝无仅有的殊荣。"

陛下所说的话，让在座的每个人都感到愕然。

如果说这也算奖赏的话，那实在有些不符合陛下慷慨大方的名声。

在众人看来，无论是英雄的称号，还是史无前例的第一勋爵，都是一些华而不实的东西。而将功勋暂时保留的做法，也让人感到不太现实。

没有人相信，时过境迁之后，还会有人会旧事重提。如果不抓住眼前这个良机，这奇迹般的功勋将随着时间的流逝而被世人淡忘。

在座的人全都不自觉地转过头来，朝着塔特尼斯伯爵张望。

令所有人感到惊诧的是，一向以精明过人而著称的财务大臣面对如此不公正的奖赏，竟然没有露出丝毫不满的表情，甚至连一点失落的神情都看不到。

相反，从他的脸上，众人看到了一丝难以遏制的得意的微笑。

　　说实话，如果塔特尼斯伯爵只是淡然处之，众人还能够接受他的这种反应。毕竟，如果拼命争取奖赏，让独断专行的国王陛下恼怒，就有些得不偿失了。但是，财务大臣阁下居然露出喜悦的神情，就让人费解了。

　　众人互相对望着，从对方的眼神之中，他们同样看到的是同样的茫然。惟一例外的只有参谋长大人。

　　能够坐在这个位置上的，不可能是一个眼光短浅、头脑简单的人物。对于参谋长，群臣们并没有多少了解，作为军方数一数二的首脑人物，他不像塞根特元帅那样喜欢显露自己。

　　此刻，参谋长陷入沉思中，显然，至尊的陛下做出这样的决定，背后肯定隐藏着什么意图。

　　事实上，法恩纳利伯爵的报告让他的心情放松了不少。这篇看起来没有多少偏袒成分的报告，未必会对克曼狄伯爵的兵团有利，不过至少减轻了许多危害。

　　法恩纳利伯爵将得到侯爵晋升，就是他早已预料到的，这更令他的报告增添了几分说服力。

　　原本他和塞根特元帅准备了几份报告。这些报告都明确指出，钦差大人在指挥防御时异常无能，以至于在战局最初的阶段，使守卫勃尔日的兵团蒙受了巨大的损失。

　　一旦法恩纳利伯爵在报告中对克曼狄兵团发起攻击，这些报告就是用来反击的武器。现在它们只能永远被封存起来了。

　　法恩纳利伯爵的报告出人意料，而国王陛下的赏赐却在他的预料之中。

　　但是，对于塔特尼斯家族幼子的奖赏，却令他感到措手不及。

新的危机

　　如果国王陛下对最大的功臣都不按其功勋进行赏赐的话，那么，他对于在战役中有功却有所疏漏的人，又会怎样对待呢？

　　想到这些，参谋长的头突然像针扎一样痛了起来。

　　他非常清楚，如果不阻止这样的决议，将会带来灾难般的后果。但是，他根本就没有资格站出来阻止这一切。

　　惟一可以提出异议的，只有遭受损失的塔特尼斯家族幼子本人、或者是和他密切相关的财务大臣阁下。

　　参谋长朝着塔特尼斯伯爵看了一眼，这个家伙的精明和狡诈，和他预料的一模一样。

　　这正是让他担忧的一件事情。

　　对于众人的窥视，塔特尼斯伯爵并没有任何反应，倒是参谋长大人的那一眼，让他的大脑飞快地转动了一下。这位参谋长大人似乎看破了他的心思。

　　事实上，听到国王陛下的决定之初，他确实感到有些失落和不满。不过，他绝对不敢为弟弟应得的功勋向陛下提出异议。熟知陛下性格的他非常清楚，这只会让国王陛下对他的赏识消失殆尽。

　　稍微冷静下来之后，这位财务大臣开始用各种各样的理由安慰自己。

　　令他自己都感到错愕的是，他发现自己罗列的这些理由全都能够说得过去，而且对于自己来说显得非常有利。

　　首先，如果他和弟弟坦然接受这看似不公的赏赐，毫无疑问，谦逊和容让的光环将加诸于塔特尼斯这个名字之上，就像聪明和喜欢冒险已成为外人对这个家族的看法一样。

在国王陛下看来，还得加上对王室无比忠诚这最重要的看法。

这是用任何东西都换不来的，而现在他和弟弟所付出的只是一个高不到哪里去的爵位而已。

实际上，精明的财务大臣早已私下衡量过弟弟可能得到的奖赏。毫无疑问，只要设法制造一些声势，让弟弟得到伯爵的晋升是完全有把握的事情。

不过能够得到的也就仅此而已了。再怎样破格提拔，想要立马得到侯爵的头衔是不可能的。国王陛下再慷慨大方，也不能做得如此过分。

以前，大塔特尼斯伯将得到侯爵的位置作为平生最大的梦想，但在经历了这么多事情，获得了一连串从未曾梦想过的惊喜之后，系密特的哥哥已将当初的梦想看做是早已握在手中的东西了。

原来他想让塔特尼斯家族成为京城之中的豪门望族，现在，塔特尼斯这个名字在京城之中已是闻名遐迩。但是，想要挤进真正的上层交际圈却还远远不够。在那里，是否获得国王陛下的赏识，是否拥有巨大的权势，并不是最重要的。

那是个用关系和血脉围拢起来的地方。就像在蒙森特，塔特尼斯家族的成员即使再难以得到众人的认可，也会受到尊重一样，那是个看重血缘而排斥外部的圈子。

不过系密特的哥哥并不着急，他知道有一个办法，能让塔特尼斯家族轻而易举地进入那个圈子。前提便是他必须有自己的孩子，不论是儿子还是女儿，都没有关系。

以塔特尼斯家族现在的权势，想必愿意和塔特尼斯家族缔

结婚约的豪门世家会蜂拥而至。

此外，小系密特也有这样的能力，事实上他已得到了那个圈子的认可，只不过塔特尼斯家族幼子的身份，使他的影响力没有那么大而已。

此刻，与其让小系密特成为一个令人嫉妒的、可能威胁到他人地位的挑战者，倒不如像原来一样更合适，还能因此博得众人的同情。

深知国王陛下为人的财务大臣还猜想，这位慷慨大方的君王很可能会给予自己超额的奖赏作为补偿。

那么，自己得到侯爵的提升是否太迅速了？想到这里，这位财务大臣忽然感到有些担忧。成为一位侯爵是迟早的事情，不过他原本打算在十年之内达成这个目标。

这样既不用担心遭到别人的嫉妒，还能用连续不断的出色表现，让国王陛下加深对自己的印象。而且身居高位，能够参加现在这样的重要会议，却偏偏只有伯爵头衔，本身便是一件引人注目的事情。

见多识广的塔特尼斯伯爵，已不再像以往那样热中于追求爵位和等级。

如今他更在意的是众人的目光，特别是这些高高在上的大人物们投来的目光。这远比获得头衔更有用。

正在胡思乱想的财务大臣突然听到陛下提到自己的名字，猛然惊醒过来。

"我想各位还记得，是谁在国库匮乏、前线的战局吃紧的时候，捐献出整整一百万金币，填补了军费开支的不足，源源不断地供应前线的需要。

"最近这段日子，各位想必都忙得焦头烂额了吧。堆积在我面前的报告中，最多的便是请求拨款的预算。"

说到这里，陛下朝着两旁扫视了两眼。当他的目光扫过其中的几个人的时候，眼神明显变得锐利了许多。

"胜利的喜悦，让我不打算再核查这些大笔预算。这段日子以来，我一直在这里带着专家，看着财政署官员进行清算和整理，总数令我大吃一惊。

"其中的几笔累计起来，也让我感到大吃一惊。我不太希望在蒙森特发生的一切在这里重演。

"在吃惊的同时，我也对塔特尼斯伯爵的能力感到惊讶。没有他的出色谋划，这次几乎不可能获得胜利。

"如果说巨额军费是支撑丹摩尔这个巨人战斗的血液的话，那么这里毫无疑问便是供应血液的心脏。

"值得庆幸的是，我找到了一颗强劲有力的心脏。塔特尼斯家族精明的头脑，和这个家族的冒险精神一样，令我的王国屹立不倒。

"在此我提议，给予塔特尼斯伯爵应有的嘉奖。"

陛下的话并没有引起群臣的惊讶。众人感到意外的是，塔特尼斯伯爵的功劳会被摆在葛勒特侯爵前面。第三功勋的位置，原本应该属于北方军团的总指挥官葛勒特侯爵。

几乎每一个人都联想到，国王陛下对于塔特尼斯家族幼子的奖赏，以及塔特尼斯伯爵那一丝难以遏制的微笑。他们恍然大悟，这是国王陛下对于塔特尼斯家族的补偿。自然也没有什么人站出来反对和阻止。

而财务大臣虽然感到侯爵的晋升来得太早了一些，不过他

也不会愚蠢地站出来，将这份奖赏拱手相让。

向至尊的陛下表示了一番忠诚之心，这位来自边远省份的外来者终于得到了梦寐以求的东西。

一时间，塔特尼斯伯爵很难品味心中复杂的感受。

虽然侯爵的晋升是迟早的事情，虽然他已有了提前达成愿望的预感，虽然这一切都来得理所当然，他还觉得自己如同身处梦境之中。

这位来自北方翡翠般碧绿天地的外来者，朝着四周扫视着。令他感到失望的是，他极力寻找的人的身影并不在这里。他多么希望心爱的妻子能够和他分享这份快乐。

他多想告诉沙拉，当初离开熟悉而热爱的故乡，来到这遥远而又陌生的地方，这看上去十分愚蠢的举动，此时终于得到了回报。

但是眼前的一切显得那样陌生，虽然这里是他的家，这里的每一块石头，都是他亲眼看着堆砌起来的。

虽然用宫廷画家称得上艺术品的绘画装饰一新的大厅显得更为奢华和高雅。

虽然这座宅邸之中，站满了丹摩尔王朝最高贵的大人物。

虽然……

但是这位财务大臣始终没有找到他的妻子。

塔特尼斯伯爵突然想起来了，沙拉早已前往北方领地，她离开自己身边已经好几个星期了。

这座宅邸里面，惟一的家人只有他的母亲——那位将自己的心灵封锁在孤独和忏悔之中的母亲。

就在这一瞬间，塔特尼斯伯爵感到有些迷惘。

他非常希望家人，特别是他的妻子能够祝贺他获得了毕生渴望的地位。

此刻他感到非常孤独。

这种难以名状的寂寞感让他产生了一种错觉——这里根本就不是他的家，他真正的家在北方领地那座被遗弃的老房子里面。

塔特尼斯伯爵突然意识到，不会有人真正庆祝他的晋升。

沙拉和玲娣姑姑正在前往北方领地的半路上，而他的弟弟系密特或许正待在勃尔日的老房子里。

塔特尼斯伯爵失魂落魄的表现，并没有引起众人的质疑。虽然有些人暗自为他的失态而感到好笑，不过众人更加关心的是国王对这次功勋卓著的人员的奖赏。

出乎众人意料之外的是，接下来陛下提到的竟然不是葛勒特将军，而是一群默默无闻的军官的名字。

大家只知道，这些军官是驻扎在北方领地一个叫班莫的小地方。

年迈的元帅费了好一番力气，才从记忆深处搜寻到这几个军官，以及和他们有关的功勋的记载。

那实在是非常不起眼的功勋，其中稍微醒目一些的，便是他们在勃尔日最危急的时刻替那里解了围。

让元帅大人感到意外的是，国王陛下看重的竟然不是这笔功劳，而是此前那场规模极小的战斗。令元帅大人感到愕然的是，他居然找不到什么言辞来加以反驳。

国王陛下将那场战斗的小小胜利，看做是这场艰苦战役获得胜利的基石。虽然有些牵强，不过一定要这样说的话，也确

实是这样。更何况，陛下还将圣堂大长老和波索鲁大魔法师拉出来，作为证明。

　　年迈的统帅当然不会认为这是国王陛下的托辞。如果他亲自向大长老和波索鲁大师证实，这两位淡泊名利的大人物，十有八九会证实国王陛下的话。

　　不过，这并不能证明国王陛下给予的奖赏是正确、合理的。

　　年迈的统帅想起那几份报告，便立刻明白了国王陛下的用意。这一切的原因，都是因为那奇迹般的小孩——塔特尼斯家族的幼子。

　　驻守在班莫的兵团给了这个少年特别的帮助，而兵团的几位军官和塔特尼斯家族的幼子有着不同寻常的友谊。

　　年迈的元帅想起了几个异常熟悉的名字：兵团长伽马、第三骑兵队队长赛汶、巡逻队队长西格。这几个从国王陛下的嘴里吐露出来的名字，也出现在塔特尼斯家族幼子递交的报告之中。

　　朝身旁的参谋长看了一眼，从后者的眼神之中，塞根特元帅也看到了一丝忧愁和无奈。

　　刚强而严厉的国王陛下，越来越依赖于他个人的意愿来分辨和对待他的臣民。

　　忽然，统帅警觉地意识到，这也意味着国王陛下准备分化军队。

　　这支原本默默无闻的兵团将取代克曼狄兵团，成为北方领地新的王牌劲旅。那几个受到提名的军官，也将掩盖克曼狄这个名字的光彩。

　　这些新的英雄、新的勇士将成为新的幸运儿，和克曼狄伯爵不同的是，因为和塔特尼斯家族的关系，他们会受到国王陛下更多的关注。

他们将是北方兵团之中迅速崛起的新贵，而年迈的统帅没有任何理由能够压制他们。

统帅仿佛能够看到，北方领地的军人们彻底分化成完全对立的两个阵营。他甚至看到了隐藏在遥远背影之中的寒冷剑光。

同样付出了生命和鲜血，换来的却是完全不同的东西。在魔族的威胁下，没有一个人知道自己的未来会是什么样子。

对于前线的将士来说，根本就没有明天。正因为如此，他们会为了自己的今天而尽力争夺，哪怕是为此而付出生命。

年迈的统帅感觉到前所未有的凄凉和悲哀。

他希望能够给予陛下一个警告，不过他知道，警告所换来的绝对不会是陛下的回心转意。情况只会变得更加糟糕。

 3 不 幸 者

盛夏的拜尔克异常炎热。

自古相传的神话之中，天气之所以如此炎热，是因为诸神之中的火神，同时又是锻造之神的埃隆，即将开始整整三个月的漫长工作。

据说，那灼热的、放射着令人不可逼视的光芒的太阳，便是锻造之神所使用的火炉。

丹摩尔的盛夏，一向被看做是富裕繁华的季节，同样是金钱滚滚的大好季节。

从某种意义上来说，这绝对没错，炎热的盛夏是海路最畅通的季节，从海外各国运来的货物，源源不断地倾泻在丹摩尔沿海的码头上。

入夏之前按照惯例剪取的羊毛，也已在外国商人的手中变成了可以兑换成金币的流通券。

和金色的秋季不同，富裕的盛夏是属于有钱人的，而秋季则是穷人们的季节。

而此时，金灿灿的阳光仿佛真的化作了闪亮发光、黄澄澄的昂贵金属。对于许多幸运的人来说，他们真的看到无数黄金从眼前流淌而过。

不过，这一次却并非是诸神的祝福，相反的，却是可怕的魔族给予的礼物。

因为来自于远方的胜利，那位慷慨的陛下再一次向建立了功勋的人敞开了国库。

就像几个月以前，京城里的人第一次知道克曼狄伯爵一样，现在他们又知道了几个以前从未听到的名字。

不过，没有人在意这些人到底建立了什么样的功勋。拜尔克人真正关心的是他们得到了什么样的奖赏。

从街头的酒吧、广场上围拢成一团的人群里，总是能够听到对这些名字羡慕不已的声音。至于这些"幸运儿"为此付出了什么，却丝毫没有人提及。

当然，偶尔也会有一两个不太和谐的音符。十有八九是在为第一次战役中最大的两位功臣——北方军团的统帅葛勒特将军和克曼狄兵团长鸣不平。

然而，大多数人对此根本不会加以理睬。张贴在广场上的布告将获得奖赏者的功勋以及受到惩罚的人的罪行，罗列得清清楚楚。

拜尔克人更愿意相信布告上的文字，因为布告显得更加真实。

布告上清清楚楚地写着北方军团的总指挥葛勒特将军的功勋。不过在拜尔克人看来，这样的功勋根本和这位总指挥的身份不符，因为他只是守卫住了北方领地中不为人所知的一个小地方——波尔玫。

　　只要稍微打听一下就可以知道，波尔玫正是国王陛下赏赐给这位总指挥大人的领地。

　　守卫自己的财富，显然是谁都会尽力而为的事情。

　　这样的功勋会令人联想起以权谋私、渎职、自私自利等等一连串的恶名。

　　更何况，布告还在其后罗列了这位总指挥大人的几条差错。虽然写得相当隐晦，不过总会有看得懂的人。

　　这些疏漏和差错，指出了这位北方军团的统帅不应该放弃了真正重要的北方领地的其他地方，而驻扎在波尔玫，导致军团主力陷入困境，难以调动和增援。看到这一条的拜尔克人，感觉到当初的功臣已变得怯懦和贪婪。

　　这些隐晦的词句，被看做是军方对于失职将领的偏袒。在布告结尾，国王陛下对这位上一次战役最大功臣的奖赏，让所有拜尔克人再一次体会到了国王陛下的慷慨仁厚。

　　这个被公认渎职的前线统帅所建立的功勋仍然被国王认可，他消灭的魔族的数量替他挽回了一些声誉。

　　在拜尔克市民看来，这位葛勒特将军根本就没有资格获得奖赏。但是既然国王陛下认为，他功过相抵后仍旧功大于过，那又有什么话好说？谁让这位至尊的陛下以慷慨大方闻名于世呢？

　　因此，对于惟一受到处罚的克曼狄将军，拜尔克的居民自然没有什么好感。

　　正是因为这个原因，每当有人跳出来为曾经的英雄说话的时候，虽然没有人加以阻止，不过脸上都会流露出不以为然的神情。

这个时候，平民百姓便自以为是最公正的法官。只不过他们没有力量对于他们所认定的罪行进行宣判而已。

而在城市的另一边，在另一群人的心中，不满和怨愤已经像快要烧开的水一般沸腾起来。

在统帅部、参谋部、前线指挥部，暗藏的怒火如同一条随时可能泛滥的河流一般，咆哮着奔腾而来。

年迈的统帅更是忧心忡忡的。那次会议之后，他仿佛突然间苍老了许多。

他站在窗口，面对着远处的操场。

烈日炎炎之下，操场上的两队士兵正准备换岗。整齐的命令声让统帅仿佛回到了当年的军校。

"我打算向国王陛下辞职。"老元帅用有些低沉的语调说着。

"你是否想过，有谁能够接替你的位置？"身后的参谋长不以为然地说道。

"我打算将葛勒特将军从北方领地召回来，他是最合适的人选。"老元帅缓缓说道。

"我能猜到你的打算。不过我必须警告你，这样做无论是对于北方领地，还是对于你和葛勒特将军，都没有任何好处。"

参谋长缓缓说道："陛下现在越来越不信任其他人，他又在施展当年分化瓦解的手段。

"这份奖赏人员名单，便是他有意在北方兵团之中拉拢对他效忠的势力。我相信其他人也能够看得出来。

"最令人感到头痛的，便是克曼狄那伙人。现在我对于他

们是又讨厌又无奈。如果说当初我对他们还有一丝同情的话，那么现在就连这最后的同情也不存在了。

"真正让人感到遗憾的便是葛勒特。你我都清楚，葛勒特实际上并没有什么差错，他之所以不待在勃尔日城，是因为不想卷入克曼狄和前任郡守的集团里。

"我相信，他也设想过解决那些人渣。只可惜克曼狄这个白痴在里面陷得太深，弄得葛勒特投鼠忌器。

"你现在打算让葛勒特取代你的位置，但是又有谁能够压服得住克曼狄兵团？

"事实上，现在已没有人能够取代葛勒特，除了他，绝对没有第二个人能收拾得了那个烂摊子。

"我知道这确实对葛勒特非常不公正。经历了这一次的事件之后，坐在那个位置上的人，不仅必须面对隐藏在群山丛林里的魔族，更得顶住国王陛下不信任的眼神，以及下面的军官们可能引发的各种各样的纷争。

"那里是个火山口。但是，惟一能够令这座火山不至于彻底喷发的，只有葛勒特一个人。"

老朋友的话让年迈的统帅哑口无言。过了好一会儿，他才回过神来讪讪地说道："难道想要保全葛勒特也做不到？"

"就像蒙森特郡巨大的亏空一样，其中的积怨由来已久。"参谋长叹了口气说道。

"这一次国王陛下对于克曼狄将军耿耿于怀，显然不肯轻易放过他。不过更令我担忧的是，陛下对于在前线英勇牺牲的将士表现得如此冷酷无情，确实令人感到寒心。

"他连最基本的怜悯都不肯赐予。我刚刚递交上去一份报

告，请求陛下给予损失惨重的克曼狄兵团一笔特别的津贴和抚恤金。

"虽然最终陛下拿出了这笔款子，却逼着克曼狄将军主动辞去军职。"年迈的统帅有气无力地说道。

"这完全可以想像。那天陛下在会议上，当着众人的面，将克曼狄递交上来的报告念出来，显然已经不打算给他留任何余地。

"这次，我们偏偏又没有什么话好说。只要将塔特尼斯家族幼子的功劳及他所得到的奖赏，和其他人进行比较，我们也只能哑口无言。

"更何况，陛下现在变得越来越精明了。那份布告对于我们相当不利，尤其是陛下勒令我们自己附加的对于葛勒特和克曼狄的行为的陈述。

"现在你我同样被卡在了中间，我相信，北方军团中受到不公正待遇的将官，如今绝对不会将我们当做可以信赖的长官。"

"……"

和京城拜尔克比起来，勃尔日城显得凉爽许多。当清晨薄雾笼罩整座城市的时候，人们甚至得披上一件薄薄的外衣。

刚刚经历过一番前所未有的动荡，这座北方最繁华的城市又迎来了另一场轩然大波。

京城拜尔克的广场上张贴的布告，也出现在了这里。

只不过，勃尔日城的居民看到布告之后的反应，和拜尔克人完全不同。最让人唾弃的便是布告中最顶端的那个名字。

新的危机

　　钦差大臣法恩纳利的名字，在勃尔日乃至整个北方领地，几乎和白痴、蠢货、懦弱者没什么两样。

　　勃尔日的街头巷尾流传着这位愚蠢钦差的各种各样版本的笑话，这是在魔族入侵中饱受惊吓的平民惟一能够表示不满的方式。

　　和拜尔克完全相反的，还有北方领地的平民对待那两位将领的态度。只有很少的人认同布告中的评断，大多数人则对两位曾经的英雄充满了同情。

　　事实上，这里的每一个人都认为，如果那时葛勒特将军在勃尔日城，那噩梦般的景象绝对不会出现在他们眼前，并且至今仍旧困扰着他们。

　　北方领地的居民对于克曼狄兵团，并不陌生。他们亲眼看到了克曼狄兵团从前线驻扎地撤退回来的凄惨景象。

　　更何况，北方领地许多居民的亲属就是北方军团的将士，这些人非常清楚，这支英勇的兵团有些什么样的遭遇，并且在魔族入侵的时候做出了何等的贡献。

　　因此，勃尔日的酒吧中，除了流传着钦差大臣的各种愚蠢的笑话之外，也充满了对于克曼狄兵团的同情之声。

　　那些吟游诗人也用哀怨而委婉的音乐，来诉说这支英勇兵团的不幸遭遇。

　　这时，街头传来了一阵急促的鼓声，这是公告官正前往这里的标志。鼓声越来越近，只见一队人缓缓地朝着广场走来。

　　走在最前面的是一个鼓手，他穿着可笑的宽松大褂，头上还戴着一顶圆圈头盔。跟在鼓手身后的是公告官。和所有的公告官一样，这是个身材肥胖、脖子显得特别粗壮的家伙。

公告官需要的只是一副大嗓门，因此挑选他们的时候，依据的标准正是这种体形。

公告官的手里正握着一张策令，这就是他即将当众宣读的来自京城的最新消息。

此时，在勃尔日的大街小巷，有二十个和他一模一样的人正做着同样的工作。而广场正是他的最后一站。

在身材肥胖的公告官的身后，跟随着一个张贴布告的随从。他背后背着一个巨大的麻袋，足以将他整个人包在里面，而他手里则拿着刷子和装满糨糊的水桶。

公告官走到广场中央，吩咐鼓手加快了鼓点的节奏。

许多人都被这急促的鼓声吸引，从酒吧、商店、楼房里走了出来，向广场围拢过来。连靠近广场的窗户也纷纷打开，从窗口探出一张张好奇的面孔。

看到围观的人越来越多，公告官指了指身后的墙壁，负责张贴布告的侍从立刻走过去开始了他的工作。

猛地抖开手中拿着的策令，这动作对他来说熟练到了极点，因此，他看上去威风凛凛。

这位公告官用中气十足的声音，高声朗读起手中的策令。

"国王陛下有令，告谕各地民众，今局势危急，各地官员应竭诚努力，各兵团将士应奋勇守卫……

"今有渎职贪婪之官员，贪污军费，挪用公款，罪大恶极，又有刚愎自用之将官，勾结不肖，制造矛盾……

"英明公正的国王陛下，以仁厚之心，降恩赦于罪人……

"令罪人用以往之功劳弥补此时之缺失。特此宣布，撤除驻守特赖维恩要塞之兵团指挥官一切职务；特此宣布，驻守特赖维恩要塞之三等以上军官，尽数降阶一级之处分。"

"……"

将策令卷成一团，塞进衣服上的一个大口袋里，公告官挥了挥手，阻止了鼓手的敲击。

把鼓手打发走，这位肥胖的公告官朝着旁边的酒吧走去。

此刻围观的人群已渐渐散去，一阵唏嘘声从不知什么地方响起。刚才拥挤的广场，很快便恢复了以往的宁静，只有那个张贴布告的人还在墙壁前忙碌着。

正在这时，从远处街道尽头急速奔跑过来一群人。这些人穿着一模一样的灰色粗布衣服，黝黑的脸膛衬托出魁梧的身材，他们的腰际全都佩戴着长剑，那是军队分发下来的制式武器。

这群人跑到那张贴的布告的人前面，其中一个人三下两下便将布告从墙上撕扯了下来。

那个张贴布告的人正打算阻止，两三个壮汉将他轻而易举地打倒在地上。

原本渐渐散去的人们再次围拢在一旁看起热闹来。

不过，普通居民们躲得远远的，全都站立在街口，有的甚至躲在门里面。

"这个世界没有天理啊！"突然间，在混乱的人群之中，有一个人发出了声嘶力竭的哀号。

这声音带着无尽的凄凉，充满了委屈。

布告被撕扯成碎片，这群人仿佛要将所有的不满，全都发泄在这些纸片上一般。

另一个被当成发泄目标的，便是那个可怜的张贴布告的人。

听着从广场传来的越来越衰弱的惨叫声，那个公告官躲到

酒吧的最里面，怎么也不肯露面。

刚刚还在议论着国王陛下的判决是何等不公，看到外面这副景象，勃尔日的居民又不知该如何是好了。

如果说克曼狄兵团的遭遇让人不平的话，那么此刻那个张贴布告的人更值得同情。

谁也不知道，在这件事情上到底谁对谁错。

这些平民百姓预感到马上就要有更大的麻烦了。

仿佛是为了证实他们心中的忧虑一般，远远地传来了嘈杂的马蹄声。

那些看热闹的平民立刻逃进了房子里，所有的门全都紧紧地关上。充满好奇的人凑到窗口，朝着外面张望着。

伴随着马蹄声而来的是铮铮的金属碰撞声，显然这一次到来的士兵全都身着铠甲。

那群站立在广场上，充满了愤怒和失落的人，立刻显得仓皇失措起来。

有人猛然拔出腰际的佩剑，但是立刻被旁边的人一把拽住。

铮铮的铠甲碰撞声越来越近，而且从街道的另外两侧也传来了同样的声音。

这些撕扯布告的人当中，有人开始慌乱起来，有人退出队列，朝着还未传来金属碰撞声的街口奔逃。留下来的人显得很茫然，更多的人抽出了佩剑。

"别冲动，我们只想告诉世人，我们遭到的不公正对待。"其中的一个人高喊了起来。

没有人站出来反对，也没有人将佩剑重新插回剑鞘。

两个骑着战马的军官终于出现在广场的一侧，他们的身后

紧紧跟随着一队士兵。

这些士兵身穿薄钢的胸甲，佩戴的武器只是一柄细刺剑，不过他们左手臂膀上系着的小小的薄钢盾牌，却足以让他们在这种战斗中占据优势。

为首的军官冷冷地扫视了一眼那些手持武器的家伙，最终将目光投向了躺在地上、已经人事不知的张贴布告的人。

"我知道你们有怨气，不过无论什么理由，都不应该用这种方式来发泄。这个惨遭你们殴打的人是无辜的，他绝对不是让你们遭受冤屈的人。

"我的职责便是维护治安。不管是因为什么理由打人，都触犯了法令。很遗憾，不得不请你们跟我走一趟，军事法庭会听取你们的陈述。"为首的那个军官用淡然的语调说道。

这时，身穿铠甲的护卫队已将广场包围了起来。

这些被围拢在中央的军人有些不知所措，虽然他们之中有些人非常莽撞，不过面对此时的情景，也不得不冷静下来。

这些军人非常清楚，他们绝对不可能反抗。他们虽然骁勇善战，但是现在他们装备不足，再高超的武技也无法弥补没有铠甲和盾牌的劣势。

更何况对方的人数远比自己来得多。最糟糕的便是他们没有一个指挥官。

长剑纷纷落在了地上。

一场纷争就这样被平息了。

在气势恢弘的大教堂的一角，钦差大臣法恩纳利伯爵正等候在一个狭小而低矮的门外。

不知道过了多久，房门轻轻地打开了。里面是一间狭小黑暗的斗室，只见正上方镶嵌着一块闪亮的晶体。

一个矮小的祭司打扮的人端坐在斗室之中，他的手里握着一张纸。

法恩纳利伯爵迅速将那张纸拿了过来。

纸上的墨迹尚未干透，这位钦差大臣一眼便认出了那是他惟一的盟友，远在千里之外的塔特尼斯伯爵的字迹。

法恩纳利伯爵拿着信飞快地跑到走廊尽头，只有那儿的窗口才能透进阳光。

躲在一个角落里，钦差大臣小心翼翼地将信纸展开，他急切地想知道他刚刚询问的那些问题的答案。

亲爱的依维：

我时刻等待着你能够回到拜尔克。我期盼着你的回归，而并非只是一封书信的到来。

我最亲爱的朋友，隆重的仪式已为你准备妥当，就等着你回到拜尔克。你我将不再是伯爵，而是丹摩尔王朝的两位新的侯爵。

我已为自己找好了私人卫队，是否需要替你也物色一下？

快点放下你在北方领地那些鸡毛蒜皮的事情，现在那里对于你来说已毫无意义。接下来会发生的只会是一些令人头痛的麻烦和纷争，就像当初我离开那里时一模一样。

至于你认为的那个麻烦，在我看来根本就不算什么。

也许这确实是你的麻烦，不过在我看来，也是葛勒特

侯爵的大麻烦。

不过现在你在那里，你本人又是麻烦的中心和被针对的目标。因此，我一开始便劝告你，赶快离开那个已没有丝毫利用价值的是非之地。

我有一个建议，但必须由你自己来定夺。

我从特殊的渠道，听到一些对你不太有利的消息。

听说你在战局开始时的指挥并不是非常有效，有人甚至将勃尔日城遭受的巨大损失，算在了你指挥失误的头上。

我可以确信，陛下的手中同样有这样的报告，而且，这样的报告还不止是一个人递交上来的。

虽然这件事情现在已不会引起什么糟糕的后果，但是很难说将来不会有人重新翻你的旧账。

如果是我，一定在离开北方领地之前，将这件事情了结清楚。

现在你是那里的最高行政长官，北方领地就是最好的表现舞台，你既可以充当演员，同样是编剧和导演。

你可以让人们看你想要给他们看的东西，也可以让他们听不到你不希望他们听到的声音。

不过最重要的是，你还是这个舞台的老板。现在，你完全不会因为金钱而犯愁，你可以尽快将那笔钱花光，当然你得寻找最合适的理由来花这笔钱。

用那笔钱来洗清你的名声，我相信没有比这恰当的方式了。

蒙森特是我的故乡，这令我稍微对那里偏心一些，我希望你能够扔一些钱在它上面。

不过别直接给钱，那是没有效率的做法。给他们免费的医疗，救济那些孤儿寡妇，这会比直接扔金币下去有用得多。

更多的钱，应该投在军人们身上。

当然，我指的绝对不是克曼狄那伙人。

刚刚获得晋升的伽马伯爵，与我的弟弟系密特有着深厚的友谊。那位赛汶伯爵和我本人是连襟，在他们身上花些功夫，你将事半功倍。

除此之外，还有葛勒特侯爵直属的那些兵团，他们同样是功臣，但是获得的奖赏却并不多。

陛下一向都非常注重奖赏高级军官，对于低级军官有所忽略。而这正是我们的机会，那些低级军官虽然没有什么用处，不过他们可以为你创造名声。

同样，在他们身上你不必投入太多金钱，他们朝不保夕，随时都可能成为魔族的牺牲品。因此，对于他们来说最重要的是家人和孩子。

我相信你能够想到让他们对你感恩戴德的办法，这实在是非常简单的一件事情。

最后的建议，我并不指望你会接受，你完全可以自己考虑，不一定要听从我的意见。因为这可能会令你感到难以忍受，甚至感到自尊心受到损伤。我并不希望让我最亲密的朋友难过。

以我对于北方领地居民们的了解，他们的性格比南方人要不知好歹。

他们对给予他们恩赐和施舍的人，并不会表示感谢。

　　这些粗人难以理解圣贤的仁慈和伟大，反而比较喜欢经常做蠢事的老好人。

　　只要打听一下勃尔日人喜欢观看的戏剧，你很快便能明白我所说的话了。

　　所以，如果我处在你的位置上，我首先会表现出完全不擅长战斗和指挥的样子。我会暗示别人，当初我所颁布的命令，全都是从书本和名人传记里面看来的。

　　我会装作惊讶，为什么那些伟人获得巨大成功的办法，到了自己的手里，却完全是另外一个结果。

　　我会一边为自己的失误抱歉，一边往外抛洒金币。让每一个人知道，我所做的一切是为了弥补当初的过失，而并非是给予他们恩赐。

　　是否要采纳我的建议，全凭你自己选择。我盼望着你能够尽快返回拜尔克。

　　这封信，令国王陛下的宠臣犹豫不决。正如他的盟友在信上所说的那样，最后的建议确实让他难以接受。

　　如果将北方领地当做是一个巨大的舞台的话，这位钦差大臣最希望扮演的便是救世主和英雄的角色。但是他的盟友却建议他扮演小丑，这怎么能让他高兴得起来？

　　不过法恩纳利伯爵非常清楚，他的盟友绝对不会欺骗他。至少不会在现在欺骗他，因为在拜尔克这个广阔、辉煌的舞台上，还有许多掌声和鲜花等待着他们两个人去赢得。

　　这位睿智的盟友有着绝好的头脑。不过先哲说过，越是聪明的头脑，越是会令人起疑心。

在当今的国王掌握权力的近半个世纪的岁月之中，也不是没有出现过比这位盟友更高明的人物。那位格琳丝侯爵夫人的前夫便是一个最好的例子。而这些高明人物并不都是野心勃勃的人物，但是他们都没有得到陛下的长久信任。

不用说，他们的智能和聪明便是罪魁祸首。另一个原因便是，这些睿智而高傲的人从未想过，在国王陛下的身旁安插一个不时替他们说好话的人。

能够看清这一点，是自己的盟友比那些人更明智的表现。因此，在自己未失去国王陛下的宠爱之前，这个盟约将始终紧密地维持着。

这位陛下的宠臣仔细地咀嚼着这封信隐含的意义。

他确信，盟友是真心地给予他帮助。他也非常清楚，以这位睿智盟友对于北方领地的了解，他提出的建议将是最正确的选择。

他一直认为，这位睿智的盟友是世界上最优秀的演员。

塔特尼斯伯爵将他自己笼罩在一副仁慈、圣洁的外表之下，他的行为堪称贤哲圣徒。

法恩纳利伯爵很清楚，他的盟友真正值得称道的是高明的眼光和细密的智能，那圣洁的外表只不过是最成功的表演而已。

这样一位高明演员所提出的建议，实在没有不听从的理由。

突然间，这位国王陛下的宠臣又想起了另外一件事情，他想起他的那位盟友，也并非全都是一副圣贤的模样，事实上在某些方面，他也显得近似于一个可笑的丑角。

那便是塔特尼斯家族固有的缺点——对于绘画艺术的无知和弱智。

　　这位国王陛下的宠臣非常的清楚，塔特尼斯家族的这个缺陷，早已经成了京城拜尔克最让人津津乐道的笑料，甚至国王陛下还会经常用"塔特尼斯家族的绘画天赋"来开玩笑。

　　不过，法恩纳利伯爵更知道一件事情，那位对任何事情都极力追求完美的至尊的陛下，对塔特尼斯家族的那些绘画，早已经有些难以容忍了。

　　而最近刚刚传来消息，陛下果然找了个借口，将塔特尼斯家宅邸的这惟一的缺陷弥补了过来。

　　这位国王的宠臣非常清楚，塔特尼斯家宅邸的那些劣质绘画的数量是何等之多，如果让他的盟友自己来修改这些缺陷，需要花费多么巨大的代价。

　　而此刻，他根本就不需要花费分文，还能够得到最高明的画家的呕心之作。

　　单单这些，就已经足够赚回那番小丑表演的票价了。

　　一想到这些，这位国王陛下的宠臣立刻决定，没有任何犹豫地听从他的那位睿智盟友的建议。

　　两天前，勃尔日的大街小巷、酒吧和广场上，还传扬着那位钦差大臣是个愚蠢透顶的白痴。

　　但是此刻，这些北方领地居民嘴里的愚蠢透顶的白痴，已经变成了一个好心眼的白痴，甚至有人认为他并不是白痴，而只是一个被赶鸭子上架的书呆子而已。

　　虽然此刻在那些聚拢在一起的人群之中，仍旧流传着嘲讽那位钦差大臣的恶毒笑话，不过，听众的反应已不再那样起劲。

　　而另外一些笑话也突然间冒了出来，虽然在笑话里面，这

位钦差大臣仍旧显得非常愚蠢，不过至少愚蠢得有些可爱。

这完全是因为这位钦差大臣，颇能够为民众们考虑的原因。

事实上，勃尔日人越来越感觉到，这个曾经胡乱指挥、给他们带来了恐怖可怕的噩梦的家伙，或许是他们曾经拥有过的、对平民最亲切的行政长官。

这个来自京城的有些笨拙的公子哥，虽然连大麦和小麦都分辨不出来，甚至对着骡子叫毛驴，不过他拿出不少钱来创办了三所免费的医院。

虽然想要得到免费治疗的手续稍微烦琐了一些，不过没有人会认为那是不好的事情。

至于那些救济院，显然证明他真心希望，能够给予他所造成的一切做一些补偿。

要知道，迄今为止，还从来没有看到过哪位贵族老爷站出来，对普通平民承认过自己的失误。

现在想来，这些失误也情有可原，毕竟这样一个公子哥，怎么能够指望他上过战场，怎样能够指望他知道如何指挥战斗。

而这位钦差大臣许诺的，让孤儿得到抚养，甚至还拥有免费的教育，这显然已经大大超过了众人原本的想像。

正因为如此，当勃尔日城里的居民听说，他们的钦差大臣即将离开北方领地，返回遥远的京城拜尔克，一时之间满怀留恋的声音此起彼伏。

不过其中也夹杂着一些不和谐的声音。

勃尔日城的城门口附近的街道，可以称得上是这座城市最繁华热闹的地方。

新的危机

　　不过这种繁华热闹完全属于平民，和市中心那林立的、恢弘而又优雅的建筑物交织在一起，所组成属于贵族的繁华热闹，完全不同。

　　这里的街道狭窄而又拥挤，这里的商铺紧紧挨在一起，这里街上，总是能够听到从两旁的酒吧里面传来放肆的说笑声。

　　虽然路面上竖立着的那一排排尖利长刺，看上去显得有些森然可怖，不过来来往往的人的脸上，仍旧带着一丝微笑。

　　这就是北方领地的民众，他们早已经在几个世纪以前，就学会了如何面对苦难和悲哀。

　　一队骑兵穿过了城门前的广场，拐进了旁边的小路。

　　小路两旁建造着整整齐齐的楼房，这些楼房大多数有五六层高，朝南的窗户显得颇为宽广，有些甚至做成了近乎于落地窗的模样，延伸出来的阳台同样显得极为亮堂，能够住在这里的人，手里必须有一些积蓄才办得到。

　　这是平民区之中属于中上流人物居住的住宅区，而此刻，在其中的一幢楼房的前面，停着一队骑兵。

　　这些骑兵护卫着一辆马车，那辆马车虽然简陋，不过此时此刻能够乘坐马车的，绝对不会是普通人物。

　　那位北方领地的统帅葛勒特将军，缓缓地从马车上下来，他轻轻地接过副官递给他的拐杖。

　　这个地方已经是他第五次前来，说实在的，他对于克曼狄会选择这样一个地方隐居，心中颇有些想法。

　　他非常清楚，克曼狄虽然辞去了一切职务，不过以他所拥有的财产，绝对不可能只买得起这样的宅邸。

　　毫无疑问，这显然是一番做作。

而此刻这位北方兵团的统帅，越来越感到不耐烦起来，如果说以往他对于克曼狄的任性只是感到不喜欢的话，那么此刻就只能够用痛恨来形容。

但是葛勒特将军非常清楚，尽管他讨厌这个桀骜不驯的部下，但是他仍旧不得不前来劝服他。

最近勃尔日城里发生了好几起冲突，冲突的引发者全都是克曼狄兵团的士兵，而且这些家伙显然有着将冲突愈演愈烈的趋势。

这位北方兵团的统帅非常清楚地感觉到，这一连串事件背后，是克曼狄那伸缩不定的手掌。

最近这段时间，葛勒特将军始终有某种非常强烈的预感，那是非常糟糕的预感，仿佛灾难即将来临。

这位北方军团的统帅非常清楚，是什么令他感到如此恐惧，他即便面对成千上万围攻过来的魔族的时候，也从来不曾拥有过这样的感觉。

挥了挥拐杖，示意副官上前敲门，葛勒特将军静静地等在那里，他默数着时间，开门时间的长短完全可以印证，他所拜访的那位固执的客人心情怎么样。

五六分钟的等待，和副官三次敲击房门，令那位北方军团的统帅清楚地知道，此刻并非是拜访那个任性又固执的家伙的好时机，不过他没有退缩的余地。

门缓缓地打开了，开门的是一个胖女人，她是克曼狄请来的厨娘。

走进那幢楼，里面虽然布置得颇为优雅，不过和任何一座贵族宅邸比起来，这里都显得拥挤和压抑。

新的危机

　　窄小的大厅，一侧是通向二楼的楼梯，楼梯旁边的侧门后面是厨房。

　　每一次来到这里，葛勒特将军都禁不住皱起了眉头，他能够住得惯兵营，却总觉得和这种地方格格不入。

　　此刻他所要拜访的房间的主人，正站立在二楼的楼梯口。

　　"欢迎您的到来，您永远是这里最受欢迎的贵宾。"克曼狄伯爵故作姿态地说道。

　　"这里好像显得空旷了一些。"葛勒特将军笑了笑说道。

　　"不用拐弯抹角的，我的管家和仆人全都离开了。三天前他们来到这里的时候，显然以为替我这个没落的家伙工作能够获得许多好处，现在他们肯定已经知道，我这里根本就没有任何东西。"克曼狄伯爵说道。

　　旁边的厨娘眼神之中那不以为然的神情，显然证明事实并非像这座宅邸的主人所说的那样。

　　那位北方兵团的统帅非常清楚，是什么令那些仆人纷纷辞职。

　　心情变得越来越差的克曼狄伯爵，随时都会变成一座猛烈喷发的火山，仆人们显然无法忍受这位落魄伯爵的脾气，才离开这里。

　　"噢，对了，干什么站着说话，我此刻虽然什么都没有剩下，几把椅子总还是有的，请进来坐吧，是去小客厅还是书房？"克曼狄伯爵说道。

　　"书房。"葛勒特将军淡然地说道。

　　这座宅邸的书房同样窄小拥挤，书房里面除了两排靠着墙壁的书架，就只有一张拐角沙发。

一坐在沙发上，葛勒特将军便直截了当地说道："克曼狄伯爵，我无论是作为你曾经的上司，还是作为你的朋友，都希望你能够站出来，阻止你的那些部下，不要再制造不必要的麻烦。"

"噢，我没有部下，我现在一无所有，您应该非常清楚这件事情，我现在只是一个普普通通的平民，一个需要你保护的无助的人。"

克曼狄伯爵耍起无赖来，此刻他感到自己需要获取同情。

"至于您所说的那些，我相信既然引起了骚乱，就肯定有原因，不是吗？

"你刚才所说的那些人，或许曾经是我的部下，但是此刻他们和我没有丝毫关系，我退休了，我现在再也不用对任何人负责。

"正因为如此，即便我站出来，对我曾经的部下高喊'不要再感到委屈了，不要再因为遭受不公而闹事'，难道会有用吗？"克曼狄伯爵耸了耸肩膀说道。

"我知道有些事情，你始终无法想通。"葛勒特将军试图解释道。

但是他的话头，立刻被这座宅邸的主人打断了。

"不，我可以告诉你，我没有任何想不通的事情，所有的一切我全都明白，我知道我真正的失误是在哪里。

"我替自己竖立了一个极为糟糕的敌人，与此同时，我非常愚蠢地和另外一个蠢货结成了盟友。

"我或许该找个医生好好治治我的眼睛，该死的眼睛越来越不好使，甚至还导致脑子也变得迟钝起来。"克曼狄伯爵用充满了自嘲的语调说道。

新的危机

听到这番话，葛勒特将军心中暗骂，这个家伙的眼睛确实出了毛病，而且非常严重，他既然已经知道选择错了敌人，为何现在还和那位受到国王陛下无比恩宠和信任的钦差大臣为敌。

难道他以为，对付法恩纳利伯爵要比对付当初的塔特尼斯伯爵更加容易吗？

虽然心里这样想，不过这位北方兵团的统帅嘴里绝对不可能说出来，他只能够继续用好言劝解。

整整两个小时毫无效率的谈话，不但令葛勒特将军的耐心消磨得越来越少，那个固执任性、刚刚辞职的军人，同样显得烦躁不安起来。

突然间如同火山爆发一般，克曼狄伯爵高声叫嚷起来："我亲爱的长官，显然您已彻底站在了那位受人尊敬的钦差大臣那边，我非常清楚其中的原因，他帮你解决了最头痛的麻烦。

"毫无疑问，那个家伙非常懂得收拢人心，而且他的背后有大塔特尼斯撑腰，以至于他甚至能够比国王陛下更加出手大方。

"我知道你一直在为如何令自己的部下满足而感到头痛，而这正是当初我曾经感到痛苦的事情。

"您同样从国王陛下那里遭受了不公正的对待，这显然令您轻而易举地获得了许多人的同情，而那位钦差大人，更是给予了您的直属部下们足够的补偿。

"那手法多么高明，我没有看到他花费多少金币，但是却听到无数拥戴的呼声，显然这并非是钦差大人本人的智能，完

全可以看得出来，是大塔特尼斯在幕后为他谋划一切。

"毫无疑问，那一对权势和谋略的组合，是这一次最大的赢家。

"而您，我曾经的长官，显然也不是真正的失败者，上一次胜利陛下赐给您的那座金山，足以让您的家族成为丹摩尔最富有的家族之一。

"而您也非常清楚，陛下绝对不会愿意让王国再增添更多的公爵，特别是一个军人出身的公爵，您本人也没有这样的野心，现在的一切岂不是正符合您的愿望？"

克曼狄伯爵用异常冰冷的语调说道。

这番话，让葛勒特将军感到很不舒服。

如此漫长的劝告仍旧不起作用，令这位北方军团的统帅感到厌烦，而此刻克曼狄那不公正的指责，更是令他火冒三丈。

"你让我感到非常失望。或许你以为自己非常聪明，以为自己所做的一切都是那样隐秘，根本就不会被别人抓到任何把柄。

"我一直都非常清楚，老亨利手里的那些魔族，是你帮他弄到的，你以为没有人知道这件事情，以为做这件事情的全都是你的亲信。

"我只能够说你太愚蠢，要知道，老亨利曾经联络过的并不是只有你一个人，他甚至找过我的部下。然而最终接受他的请求的就只有你一个人而已。

"为了保全你，我们谁都未提过这件事，整个北方军团都在为你保守秘密。而你却还为此得意洋洋！"葛勒特将军愤怒地说道。

这番话，触动了这位退役将领的痛处。

这是让他寝食难安的最大梦魇。如果刚才便提到这件事情，或许克曼狄会一下子变得软弱下来，但是现在正在气头上，脑子已经有些发热的他，竟然用更加强硬的态度来应对葛勒特将军。

他猛然站了起来，对着曾经的长官怒吼道："我知道你们没有一个人喜欢我，我不仅仅和大塔特尼斯作对，事实上，我也抢走了你的那些部下们的许多功劳。

"我非常清楚，你们对那个无能、白痴的法恩纳利产生好感，因为他可以当着众人的面告诉别人，他在军事方面完全是白痴。在你们眼里，他并不是你们的威胁。

"还有谁比一个不会抢夺功劳，在国王陛下面前非常得宠的人更受欢迎的呢？"

克曼狄这番莫名指控，令葛勒特将军勃然大怒。

他愤然地从椅子上站起来说道："既然阁下这样认为，我只能承认自己的失败。我就此告辞，再也不会骚扰阁下了。"

说着，这位北方军团的统帅头也不回地离开了这座宅邸。

 4 郁闷工作

　　长长的车队一直伸展到很远的地方。

　　因为城里密密麻麻的防御工事，车队只能够在郊外排列。

　　送行的人并不多，不过全都是勃尔日城里的名流。

　　两队骑兵站立在不远处，这并不是一支仪仗队。所有的骑兵全都配备两匹坐骑，其中的一匹战马驮着全副重型铠甲。

　　此外，还有一支特殊的队列随行。那是由六辆轻便军用马车组成的队伍，马车后的挂斗里放置着致命的炸雷。

　　真正让所有人感到安全的，是随行护卫在马车旁边的身穿银色长袍的身影。这些腰际佩带着狭长弯刀的圣堂武士永远都能够让人感到安心。

　　虽然是早晨，不过炎热的天气仍令在场的所有人难以忍受。

　　连道格侯爵也忍不住找了个借口，从马车上面下来。马车在太阳的暴晒下，已经热得像一口大锅一般。

　　人们仿佛郊游一般围拢在路旁的树阴下，毡毯和大桌布早已从马车上面卸了下来。

　　众人之所以还无法上路，是因为此行的主角——即将离开

新的危机

勃尔日城前往京城拜尔克的钦差大臣还没有到来。

在大教堂阴暗而狭窄的走廊上，法恩纳利伯爵正焦急地等候在一个扇大门前面。

昨天晚上，在离开勃尔日的前一天，他例行公事地向陛下发了一份报告。这种近似于述职报告的东西根本就不会引起任何人的注意。

但是钦差大臣没有想到，今天清晨，他本打算在临出发之前睡一个懒觉，却被教会的信使从床上拉了起来。

国王陛下一大清早便发来一封信。

信中的内容显示出，至尊的陛下非常关注他报告上提到的事情。这位至高无上的国王，正在千里迢迢之外的京城拜尔克思索着对策。

信的结尾轻描淡写了一句，让法恩纳利等候进一步的消息。正是这个原因，让早已准备妥当的远行的队伍，不得不停留在烈日炎炎的勃尔日郊外。

而心中最焦急的便是这位钦差大臣。他原本应该在路上，那梦寐以求的侯爵的身份正在京城中等待着他。

法恩纳利伯爵不愿意在这个遥远的北方城市继续逗留。正如他的盟友所说，在他看来，这里不再有任何利益，剩下的只可能是无尽的麻烦。

事实上，最近这段日子，勃尔日城里冲突不断，紧急军事法庭接二连三地开庭。但是给予克曼狄兵团闹事士兵的惩罚却迟迟难以做出。

军队监狱里已关满了克曼狄兵团的士兵。不论是葛勒特将军还是他本人都越来越觉得，这是一种潜在的威胁。

突然，紧闭的幽暗的门打开了，身穿长袍的祭司从里面走出来。他手里捏着一封书信，书信的边沿用火漆紧紧封住。

法恩纳利伯爵连忙迎了上去。但是令他感到惊诧的是，祭司并没有将手中的书信交给这位钦差大人。

"对不起，这不是国王陛下给您的消息，国王陛下给您一个口信。他让我转告您，您可以出发前往京城了。"

祭司淡然地说道。

等候了半天的法恩纳利伯爵有些发愣，不过深知陛下性情的他自然不敢抱怨。

"我是否能够知道，这封密函是给谁的？"

恭顺和谨慎并没有战胜好奇心，这位钦差大人小心翼翼地问道。

"系密特·塔特尼斯勋爵。"

神职人员直截了当地说道。

法恩纳利伯爵点了点头，他没有试图继续打探陛下神秘的指令。

从内心深处，这位国王的亲信大臣，对于他的盟友的弟弟保持着某种敬畏。这个小孩的身份十分神秘，那位同样神秘莫测的道格侯爵对于这个小孩的态度，也证实了他的猜想。

钦差大臣早就在猜测，塔特尼斯家族幼子的名字虽然从来没有出现在"国务咨询会"名单中，但是这个小孩十有八九是"国务咨询会"中的极为特殊的人物。

离开京城拜尔克的时候，这位钦差大臣就怀疑，这个小孩和他的未婚妻一样，都是国王陛下的耳目。

新的危机

　　不过，自从知道这个小孩居然深入山岭，凭借个人的能力摧毁了一座魔族基地之后，一个让人心惊肉跳的念头出现在他的脑海里。

　　这个小孩有着和他的形象不匹配的可怕身份，或许他并不是至尊的陛下的眼睛和耳朵，而是陛下操纵雷霆、施加痛苦和毁灭的铁腕。

　　想到这里，法恩纳利伯爵不由自主地朝旁边退了一步。他希望尽可能地远离那仿佛封存着死亡和瘟疫的信封。

　　受人尊敬的钦差大臣的离去，并没有给勃尔日城带来太大的冲击。

　　虽然众人聚拢在餐桌前面的时候多了一些话题，不过除了几句惋惜，人们谈论得更多的还是钦差大臣曾经许诺过的东西，在他离开之后是否还有效。

　　偶尔也有人谈论起最近发生的一连串冲突，不过和一个星期之前完全不同，勃尔日人已将那些冲突看做是和他们完全没有关系的事情。

　　人们对他们没有丝毫的同情，甚至因为打扰了自己，而对引起冲突的克曼狄兵团的士兵感到微微的反感。

　　这些曾经的英雄，已变成让人讨厌又棘手的人物。

　　而此刻，在克曼狄伯爵那座和他的身份不相符的宅邸中，曾经发誓再也不登门的葛勒特将军，又不得不来到这里。

　　和他同行的，还有另外四位北方军团中级别最高的成员。他们是北方军团参谋长洛喀什、北方军团副统帅安奥格隆、统帅部特别调查团团长舍维以及军法司最高长官勒克斯。

克曼狄伯爵也不是孤身一人，他身边站立着他的弟弟和几位亲信。

当钦差大臣还逗留在勃尔日的时候，葛勒特侯爵并不是最高长官，因此他发布的任何命令都没有效用。

但是，随着法恩纳利伯爵的离开，北方领地的控制权再一次回到了葛勒特将军的手里。

克曼狄伯爵和他的部下们，希望葛勒特将军能够将他们失去的一切还给他们。这一次，他们没有丝毫的客套，而是直截了当地进入话题。

"现在碍眼的人终于离开了，整个北方领地都在您的控制之下。我希望您能够给我和我的部下们一个交代。"

克曼狄伯爵淡然说道。

"这也是我此次前来的原因，我可以在职权范围之内给予一些补偿，不过你们绝对不能漫天要价。"葛勒特将军也没有拐弯抹角，他同样直截了当地说道。

"我们是为那些牺牲生命来保护这片土地的士兵们争取原本应该享有的权利，如果您把这当做是漫天要价的话，那实在是太令我失望了。"

克曼狄伯爵缓缓地摇了摇头说道。

"不用拿这些大义凛然的话来封我的口。你我都清楚，根本不可能给予每一个士兵补偿，更别说让每一个人感到满意，这实在是一个无理取闹的好借口，不是这样吗？"葛勒特将军冷冷地说道，从内心深处，他越来越讨厌眼前这个家伙。

"我们可以考虑给予原来克曼狄兵团一定的补偿，标准是让克曼狄兵团和其他兵团享受一样的利益。"旁边的参谋长连忙

插嘴道。

"一样的利益？可是我们的兵团付出的牺牲绝对和其他兵团不一样。"一位克曼狄兵团的军官愤愤不平地说道。

"确实如此，不过，这是我们所能够做到的极限了。即便这样，葛勒特将军也将承受巨大的压力。这已是在公然违抗陛下的命令。"参谋长平静地说道。

"如果是这样的话，我无法令我的士兵们真正平静下来。"克曼狄伯爵说道。

"那又是什么造成了不公正？难道不是个人野心和贪婪以及嫉妒的心理，将克曼狄兵团彻底葬送？"来自京城的团长大人用极为严厉的言辞说道。

一直以来，团长大人都希望作为一个旁观者来看待问题，但是克曼狄伯爵的态度令他为之震怒。

"我承认这是我个人的失误，因此，我愿意放弃对于我本人的一切补偿。不过我的士兵们应该得到足够的补偿，在这一点上我非常坚持。"克曼狄伯爵不以为然地说道。

在场的人都明白，这只不过是一个托辞。葛勒特将军感到眼前这个家伙越来越叫人讨厌。

毫无疑问，这是根本就做不到的事情。

事实上，在座的每一个人都清楚，即便给予克曼狄兵团与众不同的待遇，他们仍会因为长官受到的不公正待遇而不满。

这些将领们一直在怀疑，最近发生的一连串冲突，都是这个贪婪而无赖的家伙一手策划的闹剧。

那位来自京城的军官对这位曾经的英雄失望透顶，他正想发作，旁边的参谋长已经开口。

"说说看，你打算要些什么。"参谋长淡淡地说道。

这位参谋长也许是在场惟一还能够冷静思考的人，他打定主意，和眼前这个无赖讨价还价一番。虽然并不期望能够从这个家伙身上取得突破，不过也许能够互相做出一些妥协。

"首先，关押在监狱里等待审判的士兵，必须立刻被释放。"旁边的一位军官立刻说道。

将领们个个皱紧了眉头，这绝对是无法允许的要求。如果闹事的士兵不接受惩罚的话，北方军团将再也不会存在遵守军纪的士兵。

"我们希望重新恢复克曼狄兵团的建制，按照其他兵团的标准，安置克曼狄兵团在战役之中牺牲的士兵的家属，给予受伤残疾的士兵双份的津贴。"

始终没有开口的前克曼狄兵团的参谋长，打断了部下的发言说道。

正当葛勒特将军和同来的几位高级军官感到这些要求还算合理的时候，另一位克曼狄兵团的军官跳出来说道："必须恢复我们原本的军职和等级。"

"至少恢复受伤军官和一线指挥官的军职等级。也许他们并非最大的功臣，但是在这次战役中，他们的付出是最巨大的。"克曼狄兵团的参谋长再一次插嘴道。

对方阵营之中微微有些不太和谐的声音，立刻引起了葛勒特将军和他的同行者的注意。

参谋所提出的要求要合理许多，这令他们感到眼前存在着一丝光明。

"只是恢复军职还不够。我们会拟定一个名单，名单上的

新的危机

人必须获得晋升。因为他们在战役之中付出了许多。"又有一个人跳了出来说道。

几乎每一个人都皱起了眉头，显然这是根本不可能的。

这些登门拜访的北方军团最显赫的将领们感到，也许克曼狄还不是最无理取闹的人物。毕竟他不得不考虑自己的地位和得失，但是他的这些部下显然根本不用考虑这么多。

葛勒特将军突然间感觉到现在的克曼狄好像就是当初的自己，而这些信口开河漫天要价的军官们，就像是以往的克曼狄。

这位北方军团的统帅很想看看，克曼狄伯爵是如何对待这一切的。

葛勒特将军朝曾经的部下望了一眼，看到克曼狄伯爵皱了皱眉头，紧接着又显得泰然起来，嘴角甚至挂着一丝冷笑。

克曼狄的反应令他彻底失望，这个短视的家伙并没有当初的他看得那样遥远。

这一切也被参谋长洛喀什看在眼里，他稍稍思索了一下说道："这些要求我们要好好考虑一下。我相信，你们也应该好好商量一下，也许明天我们能够得出统一的意见。"

参谋长打算私底下先和克曼狄伯爵以及比较切合实际的参谋达成谅解。

因为他清楚地看到，那些失去理智的军官才是真正的麻烦。

"别的我并不在意，不过第一条首先难以做到。那些被关押的士兵违反了军纪，不管是什么样的理由，他们都应该接受处罚。

"更何况，他们中的一些人随意拘捕、伤人，有几个甚至能够用叛国罪的条例来论处。这样的人如果随意释放，军事法庭也不用存在了。"军法司的最高长官用异常冰冷的语调说道。

这下子，原本还算温和的气氛一下变成了火热。

无论是克曼狄还是他的军官们，都无法接受自己的部下被关押在监狱里面、即将接受审判的事实。

而这位军法司的最高长官，也不像是一个圆滑、善于通融的人物。

谈判一下子陷入了僵局。葛勒特将军和参谋长无奈地对望了一眼。

"或许我们应该告辞了。"参谋长洛喀什缓缓说道。他知道继续争吵下去，对解决事情没有任何好处，他决定暂时离开。

突然他的身体变得僵直，眼睛直愣愣地看着前方。

所有人都感到不可思议，众人纷纷朝着参谋长大人瞪视的方向转头望去。

不知道什么时候，那个充满了神秘色彩的塔特尼斯家族的幼子，出现在了这个彻底封闭的书房之中。

这个幽暗的书房没有一扇窗户，惟一出入的通道便是旁边的那扇门。

没有人看见书房的房门被打开过。

克曼狄伯爵本人更感到莫名的恐慌。因为他清楚地记得，将所有人请进书房之后，他特意将书房的房门反锁了起来，为了不让仆人们打扰他们的谈话。

在一瞬间，书房里面的人都猜到了塔特尼斯家族幼子的来意。

无声无息地突然出现在别人的家里，绝对不会有人相信这是友善的表现。这里的每一个人，早已将这个小孩看做是陛下

的直属部下。

在那场和特立威的对决之中看过这个小孩惊人表现的人甚至在猜测，这个小孩也许是国王陛下的特别调查团中最后也是最强硬的一张王牌。

这个小孩异常诡异的出场方式令这个毛骨悚然的猜测又增添了几分可能性。

"各位，我为我的突然到来向各位道歉。国王陛下刚刚赋予了我一个令人郁闷的使命。"

说到这里，系密特从左侧的口袋里取出了从遥远的京城拜尔克传递来的密函。

他轻轻地曲起食指，猛地一弹，卷成一团的密函如同一片落叶一般旋转着朝葛勒特将军飘过来。

不用阅读这封密函，北方军团的统帅也能够猜到，密函中到底会写些什么。

在场的人之中，他可以算是对这个小孩最了解的一个，他甚至知道系密特不愿意为人所知的秘密。

无精打采地展开密函，上面只有非常简单的一行字。

这既不是一张判决书，也不是一封控诉信，只是直截了当地指示杀掉克曼狄和任何阻止执行的人。

这封密函是如此简单，反倒是下方的署名和那个代表王权裁决的印章占据了更多空间。

参谋长探头张望了一眼，他的神情立刻变得严峻起来。

他看到葛勒特侯爵打算开口，他非常清楚自己的老朋友会说些什么。这位反应敏捷的参谋长大人，一把抓住老朋友的手臂，有意无意地用食指按住了密函中间的几个字。

　　"任何阻止执行的人"这几个字令葛勒特将军猛然一惊，他立刻意识到，陛下的做法和以往有着天壤之别。

　　一直以来，葛勒特将军都以为，对犯人进行秘密处决和暗杀没有什么两样，而采用这种手段的人物和光明正大有着极大距离。

　　既然国王陛下开始采用这种阴森隐晦的手段，足以证明陛下急着将所有的一切牢牢地控制在自己的手中，不惜采用恐怖政治的手法。

　　从历史记载和许多书籍里面，这位北方军团的统帅熟知恐怖政治是什么样的东西。他已能够看到，克曼狄正站立在烈焰熊熊的地狱深渊之中。

　　他也意识到，自己已处于万丈深渊的边缘，就在片刻之前，他差一点向前跨出一步。

　　犹豫了好一会儿，这位北方军团的统帅缓缓地将那封密函卷了起来。

　　其他人对于密函的内容始终不得而知，不过从葛勒特将军无比失落的神情之中，也能够猜到些什么。

　　同样失落的神情出现在了克曼狄伯爵的脸上，他朝着四周看了看。那严严实实封闭着的书房，在他眼中已变成了关押死囚的牢笼。

　　忽然，一股豪情从他的心底涌了出来，以往的记忆如同流水一般在他的脑海中滑过。片刻之间，他又回到了奋勇厮杀的战场，成片的魔族士兵在他眼前整整齐齐地倒了下来，血腥的味道令他浑身热血沸腾。

　　突然间一切消失得无影无踪，克曼狄伯爵又回到了他那狭

小拥挤的书房，在他的四周坐满了他所认识和熟悉的人。

他朝身旁扫视了两眼，从部下们的眼神之中看到了决然的神情。

克曼狄伯爵非常清楚，自己的部下打算干什么，这些人都是和他出生入死的好伙伴。克曼狄伯爵的目光，最终停留在了自己的弟弟特立威身上。

他同样能够感觉到弟弟眼神之中的冲动。

这位曾经的英雄冷静了下来，他清楚这样的冲动会引来的什么样的后果。

在教堂举行的授勋典礼如同是眼前刚刚发生一样，那闪电般的一击，以及一地碎裂的剑刃仍旧停留在眼前。

缓缓地转过身去，这位曾经的兵团统帅从书架上摘下了那柄伴随了他大半生的长剑。如同一位斗士一般，将长剑从剑鞘中抽了出来。

"我至今还记得阁下在授勋典礼上，击败我的弟弟特立威的那一幕。特立威的剑术是我训练出来的，他的失败是对我的讽刺。

"我一直在寻找一个机会，以印证我在剑术方面的缺失。现在是一个好机会，我在此向阁下发起挑战。"

克曼狄伯爵神情凝重地说道。

在场的所有人都知道，这只是一个托辞。

几乎每一个人都认为，或许这是最好的解决办法。

此刻的对决，可以看做是当初在大教堂之中的那场对决的延续。

同样，也可以看做是克曼狄家族和塔特尼斯家族最后的清

算。虽然所有人都已猜到那必然的结局。

"葛勒特将军，承蒙您的关照，在最后的时刻，我希望你能够作为我的决斗见证人。"

克曼狄伯爵缓缓说道。

系密特朝着四周看了一眼。他不喜欢这项令人郁闷的工作，这样的结局显然是他最能够接受的。

在场的人对于他来说都显得那样陌生，最熟悉的只有葛勒特将军。

"葛勒特将军，也请你担当我的见证人。"系密特淡淡地说道，"哪一位能够借给我一柄长剑？"

话音刚落，军法司的军官立刻摘下了自己的佩剑，那是一柄装饰性远远大于实用意义的武器。

系密特轻轻叩了叩充满弹性的剑身。

剑身显得有些软，重心的位置也不太合适。优雅美观的护手作为艺术品确实价值非凡，不过那纤细的编织成美妙图案的金属网格，显然并不具有多少防护能力。

挥舞了两下这柄漂亮而优雅的艺术品，系密特试图从中找到正确的感觉。他那力武士的本能已开始发挥作用。

所有人紧靠着两旁的墙壁，将中间有限的空间让了出来。

两位决斗者已退到了书房的两个角落。

葛勒特将军将一枚金币横搁在右手拇指上面，不时地朝着两位决斗者张望着。

作为见证人，现在应该再一次询问两个人进行决斗的原因和必要性，但是他非常清楚，此刻已没有这样的必要。

轻轻地弹出手指，金币高高地飞向天花板，然后笔直地掉

落下来。

丁当一声，金币掉落在地上发出清脆的响声。

几乎在同一时刻，两道剑光如同闪电一般激射而起。

同样毫无花哨，同样的迅疾直接，无论是克曼狄伯爵，还是系密特，都丝毫没有拖延时间。

长剑在空中交击在一起，发出铮的一声轻吟。

一溜火花飞窜而起，不过闪亮的火花稍纵即逝。

剑尖带着血从后背冒了出来，甚至没有感觉到痛苦，那位曾经的英雄呆呆地望着自己胸前的那段剑刃。

克曼狄伯爵没有发出一丝声息，便轰然倒下。

身为见证人的葛勒特将军，走到失败者的身边。

他小心翼翼地将克曼狄伯爵扶了起来，不用再一次检查伤口，这位北方军团的统帅知道，塔特尼斯家族幼子的剑，已穿透了克曼狄伯爵左侧肺部的气管。

看了一眼奄奄一息的部下，葛勒特将军感到无尽的悲哀，这就是获得巨大功勋的杰出将领的最终结局。

"我的朋友，你还有什么事情需要关照？"葛勒特将军问道。

克曼狄伯爵那渐渐失去神采的目光，落在了他的弟弟特立威的身上。

"我知道你的想法，我会尽力去做，这是我的承诺。"葛勒特将军说道。

这个承诺显然让垂死的伯爵满意了，他终于闭上了眼睛。

将手按在克曼狄伯爵的脉搏上，过了一会儿，葛勒特将军用一丝淡淡哀伤的语调，宣布这位曾经闻名遐迩的英勇兵团长

的死讯。

克曼狄伯爵的遗体被平放在书房的沙发上面。

所有人都为这个在战场上从来没有被击败过，却在另外一个地方被永远地击倒在地的勇敢而又执拗的军人默哀。

"我希望这能够成为一切的终结。我实在不想看到更多悲剧出现。"葛勒特将军用极其低沉的语调说道。

克曼狄兵团的那些人木然而没有丝毫的反应，过了好一会儿，那位参谋才缓缓说道："团长大人是在一场光荣的决斗之中失去了生命。这令人感到遗憾，不过没有人会对此抱怨些什么。"

"我会设法将克曼狄兵团完整地保留下来。"葛勒特将军想了想说道。

"最好的办法，是将克曼狄兵团并入您的直属军团之中。"那位参谋缓缓说道。

这个提议显然出乎所有人的预料之外，甚至连那些原本隶属于克曼狄兵团的军官也感到极度震惊。

"我请求辞去军职。"那位参谋继续说道。

这再一次引起了所有人的震惊。

"我也请求辞去……"特立威立刻跟着说道，但是还没有等到他说完，那位参谋已经打断了他的话。

"如果大家都不在了，克曼狄兵团就真的彻底消失了。"那位参谋淡然地说道。

克曼狄伯爵的死讯，并没有引起想像中的风暴。

或许是因为葛勒特侯爵全面接管了这支兵团。

或许，也是因为那些为数众多的一线军官全部恢复了原本

新的危机

的等级。

或许还是因为兵团中的那些伤兵，以及牺牲者的家属，已得到了抚恤金和战争津贴，而他们原本是最感到冤屈，也是最充满怨恨的一群人。

盛夏的勃尔日，并没有因为一个人的死亡而引来大的动荡，而钦差大人的离去，也令一切恢复了往日的平静。

勃尔日河边上的码头变得异常繁忙，靠近勃尔日河的街道两旁，堆满了从各地源源不断运来的物资。

整座城市变成了一个巨大的要塞，连绵起伏的屋顶上突然间出现了许多支架。

沉重的巨弩仍旧守护在那里，更多稍微小一些的大弩被见缝插针般地装在了房顶之上。

毫无疑问，又是那位比利马士伯爵的建议。他的建议相当受欢迎。

制作这种大弩，不用花费太多的材料，它们发射出来的箭矢的威力远远比不上巨弩，不过在射程方面的差距并不是很大，而它们那快得多的发射速度正是它们特别的优势。

这些难以计数的大弩和威力强劲的巨弩，将勃尔日的天空笼罩了起来。这座城市上空的每一个角落，都能保证至少有六根来自不同方向的箭矢同时命中一个目标。

同样固若金汤的还有勃尔日城的街道，街道上的障碍物足以令从天而降的魔族士兵损失惨重。不过更为有效的武器，还是布置在开阔空地上的投石车。

那隆隆的轰鸣，已经成了最能够鼓舞人心的声音。

83

指挥这支兵团的军官正是赛汶。这一次的功勋令他获得了晋升，这成了他的妻子有喜之外的另外一件大喜事。

兵团指挥官伽马男爵同样获得了晋升。此刻任命文书还在半路上，统帅部派遣的特使也在赶往这里的途中。不过众人已开始改口，用新的爵位称呼这些幸运的功臣。

获得晋升的伽马男爵，取代了刚刚死去的克曼狄伯爵的位置，他正驻守在特赖维恩要塞。

不过他所指挥的，却不是原来驻守在那里的克曼狄兵团，而是一支由他原本率领的兵团抽掉出来的一部分所扩充出来的全新兵团。

虽然明知道这是一个危险而又棘手的苦差，不过一下子越级被晋升到伯爵，伽马男爵感到这样的辛苦完全值得。

自从法恩纳利伯爵离开之后，那支国王陛下亲自派遣的特别调查团的成员之中，就只剩下系密特一个人还留在这里。

这无所事事的日子，对于系密特来说却是自从顺利从奥尔麦森林里面逃出来之后，最安宁平和的一段时光。

每天早晨，他总是早早起床，然后便去拜访教父比利马士伯爵。过了中午，教父总是会到温波特伯爵家做客，不是打牌就是和夫人们闲聊。他是个非常受欢迎的人物。

此刻，系密特正在前往教父家的半路上，突然间他感到耳边传来一阵嗡嗡声。

"系密特，你是否能够来一趟魔法协会？我有些事情想要和你商量一下。"

波索鲁大魔法师的声音，不可思议地从耳畔传来，令系密特感到惊诧的是，他猛地转过头去，却什么都没有看到。

"不用惊讶，这只是一个很小的魔法，只是简单地运用空气和声音的特性。"那个声音解释道，"你快点来吧，有些非常有趣的东西，想让你瞧瞧。"

系密特几乎连想都没有想，立刻撒开腿飞快地奔跑起来。

他的身形丝毫不亚于一匹狂奔的骏马，不过没有一匹马能够像他那样灵活地飞纵跳跃。

五分钟之后，系密特已站立在那高耸、几乎望不到顶部的奇特建筑物的前面。

魔法协会的门前，竖立着一排形状奇特的金属雕塑。

系密特听波索鲁大魔法师说过，这些雕塑其实是能够活动的魔像，只不过驱动这些魔像，需要极为庞大的魔力，因此并不实用。

不过这些魔像用来看门却非常不错，转动眼珠、活动臂膀并不用花费太多魔力，也没有多少人能够在这些魔像那狂风骤雨一般的攻击下支撑很久。当然这并不包括像系密特这样的圣堂武士。

还没等到系密特靠近，大门已自动打开。

魔法协会的大门并不宽，顶多能够让两个人并肩通过，不过这扇大门却很高，圆弧形的顶端吊挂着一个精致的如同灯盏一般的东西。

系密特非常清楚，这个看上去小巧玲珑的玩意儿是多么危险。任何一个侥幸从魔像的攻击下逃脱的人，如果打算继续闯入的话，首先得冒着被那个小玩意儿喷射的火焰化为灰烬的危险。

不过他并不担心受到攻击，虽然并非是真正的魔法师，但

是系密特能够控制这种极为危险的装置。

　　他所拥有的独特的精神力，使他成了运用那些魔法物品的专家。波索鲁大魔法师甚至说，连他自己也未必能够比系密特做得更好。

　　走进那敞开的大门，魔法协会并没有像人们想像之中的那样奇特。

　　宽敞的椭圆形的大厅正中央便是最引人注目的塔楼，一道几乎看不见尽头的楼梯通向塔顶，不过魔法师们真正用来上下的信道，是那被楼梯所围绕的空心圆柱。

　　大厅的四周是数十间密闭的房间。这些房间有些放置着珍贵的材料，有些装满了各种各样的书籍，其中大部分和魔法以及这个世界构成的知识有关，还有一些则放置着进行实验的器材，用来当做实验室。

　　系密特曾经被邀请参观过这些房间。在他看来，那简直就是一座令人难以想像的宝库。

　　正当系密特思索着，是否要拉开某扇紧闭的房门瞧瞧，或者进入上一次看到的那个房间，拿两样上一次他不好意思拿走的有趣东西，突然间波索鲁大魔法师的声音，再一次在耳边响起。

　　"系密特，你的行动非常迅速，到上面来好吗？我们在第三层。"

　　听到这番话，系密特连忙收拾起贪玩的心思，他朝着正中央那根圆柱走去。

　　虽然对于身为力武士的他来说，攀登那高耸的楼梯并不是一件困难的事情，不过系密特仍旧选择和其他魔法师一样，通

过那根圆柱上下高塔，毕竟这是在其他地方绝对难以看到的东西。

圆柱正中央的地板上，镶嵌着一面刻有魔法阵的铜盘，铜盘已经有些锈蚀，显然并不是经常有人站立在它的上面。

系密特小心翼翼地站了上去，他控制着铜盘升了起来，这是一件非常简单的事情。

悬浮着的铜盘承载着系密特的身体，朝着塔顶升去，速度并不是很快，不过对于系密特来说，却是很少有机会体验到的感觉。

从小便对魔法产生无限憧憬的他，即便对于再小的魔法也有着浓厚的兴趣。

铜盘并没有带着他到达塔顶，而是停在了塔楼的中间，前方是一扇狭小的门，正好能够让他通行。

突然间，从四周的墙壁延伸出纵横交错的金属支杆，这些金属支杆仿佛是地板一般铺设在脚下。

系密特已不再感到惊奇，不过当他第一次看到这番景象的时候，心中别提有多兴奋了。

行走在这网格般的地板之上，系密特穿过了那道狭小的门。

门外简直就是另外一个世界。

这里的一切全都笼罩在一片白茫茫的朦胧光线之中，不过系密特很快便注意到，这是一间完全封闭的房间，除了身后的这扇门，这里连一扇窗户都看不到。

因为这片笼罩一切的白光，以至于系密特一时之间，未曾看到站立在远处的波索鲁大魔法师，和这位大魔法师在一起的，还有另外三位魔法师。

对于系密特来说，那都已经是老相识了，其中的一位还曾经和他一起出生入死。

"亲爱的系密特，我非常遗憾地告诉你，你的假期已经结束了。"波索鲁大魔法师冲着他，微笑着说道。

他从那宽大的袖子里面掏出了一枚水晶球，随着一阵光华流转，水晶球里面映照出一幅幽暗的景象。

对于那幅景象，系密特感到既熟悉又陌生。那显然是他曾经进入过的山峰之中最危险最深邃的洞穴。

好似心脏的东西看上去是很熟悉，还有那些正围绕着心脏、不知道在做些什么的魔族农民。

"没有想到吧，我们同样没有想到，这个显然是魔族基地之中最重要，也是最要害的东西，居然已被修复了。" 大魔法师似乎是在自言自语。

"你是否注意到一些特别的事情？"这位大魔法师问道。

从波索鲁大魔法师的口吻之中，系密特听到了一丝考问的味道。他刚才就感到有些不对，水晶球上面的景象，令他感到有些陌生。

系密特非常清楚，波索鲁大魔法师想要考验他。仔细观察，寻找那深深隐藏起来的、细小又不容易被发现的真理，原本就是魔法师的工作。

仔细在水晶球中映像出来的景象上搜索了好一会儿，突然间灵光闪现，系密特终于想到究竟是什么令他产生陌生的感觉。

那个洞穴已空空如也，魔族消失得无影无踪，这或许能够理解，但是连那些被炸死的魔族的尸体也全都看不见，就有些蹊跷起来。

系密特的记得，魔族并不会收拾同伴的尸体，魔族的尸体只会腐烂发臭，最终变为一堆白骨。

但是，那空空荡荡的洞穴之中却看不到一具魔族的尸体。

"很高兴，你能够找寻到其中的关键。"

还没有等到系密特说出答案，波索鲁大魔法师已宣布道："魔族正是用尸体来修补那颗心脏。因为材料不足，它们还杀死了许多活着的魔族。"

"亲爱的系密特，你是否还记得你给我们的那份报告？"

旁边的亚理大魔法师插嘴说道："我们对于你在报告上所提到的一切都非常感兴趣。而其中最令我们感兴趣的，便是你在那个孵化器里面感觉到的魔族的思想和记忆。

"显然魔族同样拥有着某种社会结构，它们有着明确的等级和分工。迄今为止，人类所知道的最高级的魔族便是能够飞翔的魔族飞船。

"事实上，在这之后，我们曾经两次进入那座山峰。一方面是为了收集有关魔族的情况，另一方面也是为了将洞穴进一步炸毁。

"不过纵横交错的洞穴并不适合作战，我们没有进入太深，只是大致搜索了一下能够看到的范围。

"有一件事情完全可以得到证实，那便是整座魔族基地就是一个巨大的生物，而你看到的既可能是心脏，也可能是大脑。

"你所看到的魔族的记忆，可能就来自那里。我猜想正是它令那些魔族从睡眠中苏醒，成为最可怕的战士。

"我和波索鲁大魔法师商量了一下，如果我们能够将那颗已经修复的魔族基地的心脏搬回来的话，或许我们可以从中得

到许多并不曾知道的秘密。

"即便无法将这颗魔族心脏搬回，我们也希望你能够再一次前往那里。因为你是惟一一个能够读取那些记忆的人。"

系密特稍微思索了一下，令他感到犹豫的是，他并不清楚将会在那座洞穴之中看到些什么。

或许魔族会增派援兵，一进入洞穴他就会被彻底围困。

"万一我们的行动让魔族深藏在奥尔麦森林的主基地有所反应，怎么办？我们会遭受最猛烈的袭击。"系密特问道。

"你不用担心，我们已做好了充分的准备。"

波索鲁大魔法师肯定地说道："这座山峰四周百里之内，全都在我们的严密监视之下，靠近山峰的地方已布满了致命的陷阱和炸雷。

"我们还重新修整了克曼狄伯爵留在山上的那些防御工事，绝对能够保证让魔族无法攻破这重重设防的要塞。"

对于波索鲁大魔法师无比肯定的言辞，系密特倒是能够相信。

以前的战役足以证明，强悍的魔族并非是不可战胜的。它们虽然有着恐怖的战斗力和对于死亡的冷漠，不过它们的进攻，在人类建造和发明的各种防御方式面前，显得不太有效。

想到这些，系密特轻轻地点了点头，答应了魔法师们的请求。

"很高兴你能够答应进行这场冒险。我要送你一件有趣的礼物，作为你的酬劳。"波索鲁大魔法师立刻说道。

他拉着系密特来到了房间的一角。

只见他挥了挥手臂，那浓密如同雾气的蒙蒙白光竟然消散

了开来，露出一张宽敞的桌子，桌子上放置着一件模样奇特的东西。

这东西像是一副奇特的骨骸，又有点像是晒干的海马，一根根肋骨般的东西依稀围拢成一个人的模样。

"这东西是我从魔法协会历年的研究记载中找到的，一件并不成功的作品。魔法师一向被认为是体弱力衰的人，虽然这并不完全符合事实，不过，和真实情况也差不了多少。

"因此，曾经有人打算用魔法的力量来增强体力，最终的结果并不理想。人类的身躯是最复杂和精密的东西。

"虽然进行这项实验的魔法师用魔法制造出了令力量和速度得到加强的装置，不过他们很快便发现，如果没有让身体得到协调的办法，突然间增加力量和速度并非是一件好事。

"而魔法师比常人差的不只有力量和速度，在反应能力、身体的协调能力方面也有些缺失。因此，突然间增强的力量和速度，反倒令魔法师吃尽了苦头。

"除了魔法师之外，又没有别人能够用得了这件东西，所以，这件东西便随着中止的研究而被封存了起来。

"不过，这也许会对你有些用处。我记得大长老曾经说过，对于力武士来说，强大的力量或许并没有太大的用处，不过拥有着更迅疾的速度，总是能够在对决之中占点便宜。

"我想，这早已被封存许久的东西能够对你起到一些作用。至少它会在你逃跑的时候，帮上你的忙。"

波索鲁大魔法师说道。

系密特立刻对这个奇怪无比的东西感兴趣起来，因为他非常清楚，自己的实力已到达了一个瓶颈。

事实上，当每一个圣堂武士修炼到一定程度的时候，都会达到某种瓶颈状态。

对于力武士来说，第一道瓶颈便是力量和速度。无法在这方面继续寻求突破的力武士，只有将修炼方向转向对技巧和战斗意识的增强，突破这道瓶颈的力武士便被公认为大师。

不过，大师也意味着遇到了第二道瓶颈，对于技巧和意识的追求，同样有其极限。

那位长老正是突破了瓶颈，转而追求精神深处的力量，这已是力武士所能够挖掘的最后力量。

系密特亲眼见识过那些突破了瓶颈的力武士的区别，一位深谙战斗艺术的大师和普通力武士之间的差距，绝对不是用数量能够弥补的。

而这位大师面对一位长老的时候，或许战斗还未曾开始，便已经分出了胜负。

更何况，在那位大长老面前，任何一个圣堂武士，无论是长老，还是大师，根本连自由行动的能力都彻底丧失。

事实上，系密特已尝过突破瓶颈的甜头。

现在的他，能够和那位巨人般的大师勉强打成平手，这不能不说是大长老指点他的奇特修炼方式的结果。

或许拥有了这件奇怪的魔法物品，自己能够再一次突破眼前的瓶颈。

系密特这样想着，不禁从桌子上拿起了那副样子古怪的骨架。

5 再入山峰

　　面对着巍峨挺立的群山，系密特从来没有想到过会再一次回到这里，回到这座令他感到恐惧的山峰。

　　崩塌下来填满了整座山谷的厚厚冰雪已消失得无影无踪，令系密特感到惊诧的是，这座山谷已成了一片紫色。

　　那种被魔族当做食物的紫色奇特植物，覆盖了整片大地。只有山峰上的那片雪白仍旧保持着原来的颜色。

　　这些紫色的植物远远看去，就像是一张绵软的天鹅绒地毯。

　　不过，在这张巨大的地毯下面，系密特清清楚楚地看到倒塌的树木，这是那场惊天动地的雪崩的杰作。

　　突然间，一片浓烟升起，浓烟下依稀可以看到点点火光。

　　火光渐渐蔓延，最终连成了一片，熊熊燃烧的火海，将那片显得高贵典雅的紫色天鹅绒地毯彻底吞没。

　　蒸腾而起的热浪使眼前的景物变得扭曲晃动起来，系密特感觉到热浪正扑面而来。

　　显然，在这炎热的夏季，进行这种烧毁山岭的工作，并不是一件值得高兴的事情。

系密特看到身边的士兵们正在渐渐后退，显然身为普通人的他们，开始有些吃不消了。

一阵急促的军号声响起，士兵们立刻欢天喜地排成队列，朝着后方退却下去。

突然间一阵马蹄声响起，远处几辆轻便马车，驮着巨大的"酒桶"，朝着这里缓缓而来。

那排着整整齐齐的队列的士兵们，立刻撤退得更为迅速起来。

系密特也跟着一起撤退，他非常清楚，过一会儿，这里将变得如同火山口一般炙热。

那几辆马车小心翼翼地行驶在刚才士兵们开掘出来的防止火焰蔓延的隔离带上。

就像是展开的扇子一般，这些马车渐渐停了下来。

原本驾车的士兵已爬上了巨大的"酒桶"，抓住酒桶上的杠杆用力的按压起来。

突然，几道长长的火龙从酒桶的一端喷射而出，火龙瞬息便将前方的大片紫色地毯化为了熊熊燃烧的火堆。

又是一片火海出现在眼前，靠得如此接近，系密特总算感受到森林大火是何等壮观。

空气中弥漫了焦灼的味道，以及一股淡淡的松香的气味。

浓烟在狂风的席卷之下，向上空飘去，随着浓烟一起飞舞的还有星星点点的火光，那漫天火星的景象让人叹为观止。

一声军号声响起，数十个巨大的熊熊燃烧着的火球，朝着被火海圈拢的一片紫色的地方飞去。

火光迸现，火球落地便化作一堆直径数米的火堆。

越来越多的火球，被抛射了进去，投石车的攻击频率令系

密特感到惊讶。

一堆火焰突然间被一个巨大的火球砸中，立刻化作无数火星飞溅开来，飞溅的火星一旦落地，立刻将四周引燃。

更多的火球，更多的火堆，眼前的火海已经蔓延在一起。

空气中烧灼的气味更加浓重起来，兵团不得不再一次向后撤退。

飞身跳上山崖，看着壮观的火势，系密特也注意着远方，他可不希望看到魔族飞船的踪影，那是最让人担忧的事情。

当黎明的曙光将夜色彻底驱散，清晨巡逻的军号已经吹响。

几支骑兵队离开了营地。

被军号声惊醒的系密特，从帐篷里面钻了出来，他飞快地掠到一棵树上，朝着远方极目远眺。

此刻已看不到漫天的火光。

原本静悄悄的营地开始变得喧闹起来，不过还不是真正一天的开始。

炊事兵开始在营房的空地上支起了大锅，还有劈柴的声音，他们正在忙着自己的工作。

不知道过了多久，一阵悠长的军号声，将所有的士兵从睡梦中惊醒。

随着起床的军号响起，军营变得热闹起来。

一阵烧肉的清香向四面八方弥漫开去，最早起床的士兵已围拢在大锅旁边。

系密特从树上跳了下来，朝着自己的营帐走去。

在这支兵团之中，他和他的那些同伴们，显然属于非常特殊的一个群体。

这一次，波索鲁大魔法师和他同行，除此之外，还有合作已久的光头法师。

波索鲁大魔法师从来不会浪费时间，系密特看到他正靠在一棵树的旁边，盘腿进行着冥想修炼。而光头法师显然受到了触动，也在不远处冥想。

一阵纯正的牛排香随着清风飘过来，不远处专门伺候他们的侍从，正小心翼翼地翻着那几块搁在火炉上的牛排。

吱吱作响的声音表明烤牛排火候正合适。

看到波索鲁大魔法师仍在冥想之中，系密特也不好意思独自用餐。

过了好一会儿，宫廷魔法大师从漫长的冥想修炼中醒来。

"火灭得差不多了，不过魔族好像已发现外面有所变化。"波索鲁大魔法师淡然地说道，"或许我们的行动应该加快一些。"

匆匆享用完早餐，一支由十五个人组成的小队，悄悄地朝着那个洞穴进发。

踏在漆黑的、到处冒着轻烟的大地上，系密特感觉到自己的脚底灼热火烫，不由自主地加快了脚步。

昨天这里还是一望无际的紫色海洋，现在已变成了一片焦灼的黑土。

背后远处的天空之中，扬起了阵阵浓黑的烟尘，系密特知道，那是伽马团长指挥着他的兵团，正在清理这片土地。

这里很有可能成为激烈厮杀的战场，但是此刻这片坑洼不平的土地，显然对魔族更加有利。

　　全力飞奔而下，那座洞穴转眼便在眼前。系密特抬头张望，负责修筑防线的兵团已在雪峰上筑起了三道围墙。

　　系密特甚至看到，一队人马已经开始安装绞盘和滑轮，准备搬运沉重的巨弩和投石车。

　　一阵急促的脚步声响起，实力最强劲的大师赶到了他的身后。

　　此刻实力的差距显露无遗，在这位大师身后十几米的地方，紧跟着五个力武士，而更多人则被远远地甩在了几十米外的地方。

　　"你好像又变强了，连我都有些羡慕你的际遇。你恐怕想像不到，想要突破自我达到更高的境界，对于我们来说，是一件多么困难的事情。"巨人般的大师重重地叹了口气。

　　"并不是像你想像的那样。波索鲁大魔法师送给我一件礼物，能够用魔法令身体的某些方面得到稍许的增强，我选择在速度上得到增强。不过能够提高的程度极为有限，并且，想要令那件东西和我的行动完全协调，也不是一件容易的事情。

　　"我无法用它做出迅疾的反应和动作，到目前为止，我只知道它惟一的用途，便是令我能够更加快速地逃跑。

　　"不过，看到你的速度，我又高兴不起来了，即便用上那东西，我的速度也只是比你快一点点而已。"

　　说到最后这句话，系密特微微有些失落。他非常清楚自己欠缺些什么，有着强大的精神力的他却并不拥有和精神力一致的强大魔力。

　　"普通人将这叫做什么？对了，叫'富人的遗憾'。力量、速度、技巧、意识之中，最难以得到提高和突破的，便是速度。

"我听说，大长老指点你在速度方面寻求突破，让许多人感到意外，现在你能用魔法使速度得到进一步增强，你还有什么不满的？"巨人般的大师说道。

旁边那些围拢过来的力武士们，也不禁默默点头。

将队伍重新整理了一下，因为这一次，谁都不知道会在洞穴之中遇到什么。因此，组成这支队伍的成员，包括系密特在内，全都是圣堂之中的佼佼者。

在漆黑一片的洞穴之中，只有系密特一个人能够看清四周的情况。因此，最危险的探路工作，理所当然地落在了他的身上。

力武士们点燃手中的火把，远远地跟随在系密特的身后。

紧靠着四周的岩石，系密特就像是一块不停向前滚动着的石块一般前进着。

头顶上不停滴落下水珠，以往并不曾见过。

地上有的地方流淌着积水，积水中散发着一股淡淡的臭味。

系密特将棉质的口罩轻轻戴了起来，这令他稍微好受一些。

腐臭的味道变得越来越浓重起来，即便隔着口罩，系密特仍然感到恶臭冲鼻。

除了腐臭的味道之外，更令人感到讨厌的便是满地的蛆虫和如同迷雾一般的苍蝇。

这副景象，让系密特感到毛骨悚然。

值得庆幸的是，他的身体被紧紧包裹在奇特的铠甲之中，那件稀泥一般的铠甲根本不会露出一丝缝隙。

尽管如此，系密特仍旧感到浑身难受。特别是当他看到那

些蛆虫，开始顺着他的脚往上爬的时候。

突然，前方的道路被坍塌的岩石彻底堵塞了起来。

系密特无从得知，这是他创造的杰作，还是克曼狄兵团用鲜血和生命换来的成果。

这里是岩石坍塌最薄弱的地方，从这里可以进入到更深的洞穴。

这是波索鲁大师告诉他的事情。

系密特如同闪电般拔出弯刀，刀光交织成密集的网格。只见一串串火星飞溅而起，火星跳跃之间，坍塌的岩石显露出一道道纵横交错的整齐印痕。

刀光翻卷，三块砖头大小的岩石被轻轻削了下来。

几乎差不多大小的三个金属圆筒被塞在了原来的位置。这些金属圆筒的表面，刻着系密特从来不曾见过的魔法文字，而它的顶端更是被研磨、抛光得如同镜子的表面。

轻轻托拽着底部三根纤细的金属丝线，系密特小心翼翼地朝着远处的拐角走去。

虽然波索鲁大魔法师告诉过他，这些圆筒是经过改良的炸雷，爆炸的力量被约束到了一个特定的方向。不过亲眼见识过炸雷威力的系密特，并不敢完全相信这些魔法师们的话。

躲在拐角，系密特看到自己笼罩在火把的光亮之中。

朝着身后打了个手势，系密特一边捂住耳朵，一边用手猛地一拽那三根金属细丝。

轰鸣声在封闭的洞穴中显得异常响亮，即便用手紧紧捂住了耳朵，系密特也感到有些难以承受。

一股浓雾般的烟尘紧随其后，铺头盖脸而来。系密特庆幸

刚才并没有轻信那些魔法师的话。

即便躲在拐角，系密特也感到浓密的灰尘快要将他埋葬。劈劈啪啪四处飞溅的石块，更是如同暴雨一般落在他的身上。

不知道过了多少时间，一切渐渐变得平静下来，系密特抬头朝着远处张望，弥漫的烟尘将他的视线彻底隔绝。

系密特打算等待灰尘消散，但是弥漫在整个洞穴的烟尘丝毫没有沉淀下去的迹象。

系密特只得摸索前行，他已从背后取下了那对奇特的盾牌，护在手臂前。

两柄弯刀也已出鞘，刀刃朝外倾斜着伸延而出。这是力武士在伸手不见五指的黑暗中用来探路和戒备的办法。

同时，系密特也将听觉发挥到了极点，在寂静而又空荡荡的洞穴里面，他甚至能够清楚地听到自己和身后的力武士们的心跳声。

系密特知道，魔族同样有心跳声，而且它们的心跳比普通人更加强劲有力。因此，可以肯定前方并没有魔族。

脚踏着散碎的石屑，系密特不知道自己行走了多远，突然间，他的耳朵捕捉到一丝极为微弱的心跳。

又是一声心脏的跳动，不过，这一次心跳声来自于远处的另外一个地方。

心跳声接二连三地响起，从四面八方传来。最初这些心脏跳动的声音显得极为衰弱，不过却变得越来越强劲。

全都是心跳声。系密特感到茫然起来，突然间他想起魔族那和冬眠极为相似的特性。

"小心，魔族从冬眠之中醒来了！"

　　猛地扯开口罩，系密特高喊起来。

　　给身后的力武士们足够的警告，系密特将双刀飞旋舞动，朝前方杀去。

　　刚刚从冬眠中醒来的魔族，仿佛是一根根木材般被轻轻削断，甚至连惨叫和哀鸣也未曾听到。

　　对于系密特来说，这样的厮杀并没有令他感到兴奋和满足，此刻的他已不再是奥尔麦森林里那个调皮小孩。

　　他非常清楚，杀死再多魔族也没有任何意义，这些魔族根本就不畏惧死亡。

　　他害怕这些苏醒过来的魔族中，万一有诅咒法师存在，将是最致命的灾难。

　　那些诅咒法师，绝不会因为这里是封闭的洞穴，而不喷发出那可怕的血雾。

　　听到身后传来细碎的脚步声，系密特知道自己的援军已到达。而他也已从烟尘之中冲杀出来，没有了漫天的烟尘，便能够看清眼前的景象。

　　令系密特感到不寒而栗的是，在洞穴的顶部，他看到了无数蝙蝠般吊挂着的身影。

　　他一直没有注意到，最可怕的危机就潜伏在自己的头顶。

　　幸好从那些飞行恶鬼的样子看起来，它们还未曾从冬眠的状态之中苏醒。

　　"小心头顶，上面全都是飞行恶鬼！"系密特再一次发出了警告。

　　"小家伙，快远远地找个地方躲起来，闪电风暴马上就要到了。"远远地传来巨人般的大师那显得异常沉闷的吼声。

对于这样的警告，系密特绝对不敢置若罔闻。

对抗魔族中最可怕最强悍的诅咒法师，除了投掷炸雷的投石车，就得算圣堂武士中用闪电风暴将一切化为灰烬的能武士。

系密特的身形疾射而出，此刻的他根本就没有战斗的心思，他将有限的魔法全部输送到古怪的"肋骨"上面。

一阵刺耳的劈啪声从身后传来，系密特不敢停下来朝后面看，他感觉到自己的寒毛全都竖了起来。这并非是因为他内心的恐惧，而是因为四周的空气中充满了闪电风暴强悍可怕的能量。

突然间，一道朦胧的蓝色光芒笼罩了过来，那一抹蓝色是如此美妙，但是在系密特眼中却代表着死亡和毁灭。

系密特只希望自己能够尽快逃离，他多么渴望能够拥有真正超越闪电的速度。

就在这时，他愕然发现，自己的身体正急速地朝前飞掠而去，迅疾的速度甚至令他的大腿以及蹬踏地面的脚感到剧烈的疼痛。

还没有等到系密特明白这是怎么一回事情，一片山岩已经出现在眼前。

这只是一道稍微弯曲的信道，就算是一个刚刚学会走路的婴儿，也可以轻而易举地通过那里，但是系密特却感到，自己无论如何都无法控制住自己的行动。

一阵刺耳的金属摩擦声，伴随着一串耀眼的火星，在万分危急的时刻，系密特用右手的盾牌令自己避免和山岩相撞。

他只感到自己浑身的骨骼仿佛快要散架了一般。

朝身后张望了一眼，那致命的蓝光仍旧在那里闪烁着，甚至能够看到几束扭曲的灼目的电芒在蓝光中伸缩喷吐着。

在洞穴之中施展闪电风暴，竟然拥有如此的威力，这大大出乎了系密特的预料。

他估摸了一下刚才奔逃的距离，毫无疑问，被拘束在这狭小空间之中，闪电风暴所波及的范围比空地上要远得多。

小心翼翼地转动了一下身体，系密特感到浑身疼痛，值得庆幸的是并没有发现挫伤和骨折。

回想起刚才的一幕，以及发疯似的奔跑速度，显然不是因为危机感而激发出生命的潜力。那么，就只有一种解释，便是闪电风暴的强悍能量，令波索鲁大魔法师送给他的那件奇特的礼物发挥了意想不到的用处。

系密特打定主意，回去之后一定要让波索鲁大魔法师帮助自己找到问题的答案。

一想到刚才那发疯似的速度，系密特甚至有一种心驰神往的感觉。

自从成为力武士以来，他并不缺乏对于速度的体验。

在此之前，全力驾驭那四匹国王陛下赐予的纯种马，坐在那辆纯粹为了追求速度而建造的轻便旅行马车上面所感受到的刺激，或许是他能够想到最舒服的感觉。

但是就在片刻之前，系密特得到的显然远远超越了那时候的感觉。

如果说驾驭着那辆轻便马车全力疾驰的时候，仿佛是一只雨燕急速滑过水面，那么刚才的他已化身为雷电，在霹雳声中随着一道闪烁的电芒消逝在远方。

让自己化身为雷电，自从在意外中成了力武士之后，系密特还是第一次如此渴望一件事情。

连他自己也不知道为什么，渴望着能够抓住刚才那难以驾驭的强悍力量。

左臂布满了凹坑，甚至还有两道可怕裂痕的钢盾，毫无疑问是那股力量多么难以驾驭的证明。

一阵吱吱声响，将系密特从沉思中惊醒，他在一片漆黑之中看到数十只飞行恶鬼，正不停地在洞穴顶部晃动着。

令系密特感到奇怪的是，这些飞行恶鬼始终没有飞起来。

他从腰际抽出钢钉，一排钢钉飞射而去，将那些飞行恶鬼尽数杀死。

系密特这才想起，自己仍肩负着使命。他小心翼翼地用奇特的铠甲将自己覆盖起来，然后往里面摸索。

突然间一阵脚步声传来，系密特连忙躲到旁边的岩壁之上。

只见远处一支浩浩荡荡的魔族兵团，正跌跌撞撞地拥挤着朝着这边跑来，而洞穴顶部，那些飞行恶鬼也倒吊着缓缓而行。

看到它们那笨拙的行动，系密特终于明白，刚刚那个令他感到无比困惑的问题。

这些魔族根本无法看清前方的道路。

“小心，这里有一队魔族。”系密特用足力气朝身后高声吼道，他丝毫不敢停留，立刻朝前方疾射而去。

耳边只听到一连串沙沙如同雨点击打芭蕉叶的声音响起，除此之外，还隐约传来了力武士大师的呼唤声。

继续往前方摸索前进，系密特在迷宫般的洞穴里面绕行着，身后时而响起一连串劈啪霹雳轰鸣之声。

不知道走了多久，系密特注意到，一路上他并没有看到有魔族的尸体躺倒在地上。

波索鲁大魔法师那个令人感到毛骨悚然的猜想，得到了间接的证实。魔族是用同类的尸体来修补那个他即将接触的可怕东西。

只要一想到这些，系密特便禁不住一阵恶心。

越接近那记忆中的山峰的中心，系密特便感到这里越发空荡荡。

这里几乎没有一个魔族的踪迹，当初那无数魔族拥挤在一起的景象已成了过往的记忆。

转过一道曲折的信道，前面是最危险和恐怖的路程。

系密特至今还记得，在天然的岩洞之中只有一条狭窄的岩脊，能够通行到对面，但是两旁偏偏飘浮着五六只魔族飞船。这些魔族之中惟一能够看透他的隐形的眼睛，即便在沉睡之中也总是会突然间睁开，朝着四周扫视一圈。

系密特记得这条通道，他几乎是一步一步紧贴着地面，慢慢磨蹭过去的。

他小心翼翼地探出头来，朝外面张望了一眼。

那些魔族飞船居然还在那里，当系密特看到它们的时候，它们也注意到了这个不速之客。

几乎是下意识地，系密特转身就想逃跑，但是他立刻醒悟过来，四周除了这些魔族飞船，并没有其他魔族士兵。

而这些魔族飞船本身一点都不可怕，它们没有能够用来防御的武器。

偏偏系密特对于这些魔族飞船有着绝对的优势。当初他变成力武士的时候，所选择的力量正是为了对付这些飞翔在蓝天之上的可怕眼睛，以及那些掠过树梢、伺机偷袭的飞行恶鬼。

　　一蓬钢钉朝着四面八方飞射而去，每一颗钢钉上无不蕴藏着系密特的愤怒和仇恨。

　　如果说那些魔族士兵不过是在人间制造灾难和恐惧的工具的话，那么这些魔族的眼睛便是直接使用那些工具展开屠杀的家伙。

　　钢针无情地穿透了那些魔族飞船，随着几声闷响，大部分的魔族飞船爆裂开来。

　　突然间，从身后传来一阵嘈杂的脚步声，那显然不是力武士们的步伐。

　　系密特闪身躲到了洞穴的顶部。

　　只见远处一队魔族士兵晃悠着朝着这里走来。

　　这一次，魔族士兵的数量显得异常稀少，系密特猜测，或许洞穴里面再也找不到魔族的踪影，它们便是最后一批魔族的残余。

　　正当他这样想着的时候，又从其他地方传来沉闷的脚步声。

　　脚步声渐渐汇成了一片，自从进入洞穴以来，这是系密特看到的最大的一群聚拢在一起的魔族。

　　毫无疑问，这些魔族全都是被那几个眼睛召唤到这里来的，这一次能够称得上是倾巢出动。

　　系密特静静地等候着。他相信，那位巨人般的大师肯定能够听得到这里的动静。

　　为了以防万一，系密特仍旧朝着洞穴的边缘挪动过去。他躲藏在一片突兀的岩石的后面，这里就像是一处天然的庇护所。

　　过了好一会儿，正如系密特猜想的那样，远处传来了那位大师沉闷的声音。

新的危机

"系密特，你在那里吗？给你三分钟时间，你尽可能的离那里远一些。"

系密特探出头去，朝着底下张望了一眼，只见原本空荡荡的、极为宽敞的洞穴，此刻已经塞满了各色各样的魔族。

最令系密特感到不寒而栗的，便是那些诅咒法师。

此刻那伸手不见五指的黑暗，令他根本就不用在意原本最致命的飞行恶鬼。

系密特惟一担心的就是这些诅咒法师，如果它们不顾一切用致命的血雾布满这里，虽然这样一来，就不用圣堂武士发射那同样致命的闪电风暴，不过自己或许就会丧生在这里。

突然间一道朦胧的蓝光映照过来，系密特连忙将身体蜷缩到那块岩石的后面。

此刻他清楚地领略到了，身处在闪电风暴之中那异样的感觉。

被那道不知名的蓝光映照之后，空气之中散发着某种奇怪的味道，除此之外，系密特感觉到自己身体的毛发，好像一下子分张开来一样。

就在这个时候，那原本紧紧箍住他的波索鲁大魔法师送给他的礼物，突然间不受控制地颤动起来。

系密特差一点受到影响，从那块岩石后面跳出来。

幸好他一开始便做好了准备，他所拥有的、强悍如同劲弩一般的力量，终于成功地克制住了那想要令他失去控制的力量。

突然间一阵震耳欲聋的轰响在耳边炸裂开来，系密特只感到自己是风中的一片落叶，又仿佛是大海之中的孤舟，没有丝毫依靠。

原本朦胧的蓝光，此刻化为了耀眼亮丽的白色电芒。

不过那耀眼的电芒稍纵即逝，转眼间，洞穴重新恢复到了原来空荡荡、静悄悄的模样。

系密特小心翼翼地探出头，朝着四周张望。

原本拥挤在一起的那些魔族全都已经化为了黑漆漆竖立着的焦炭，空气中弥漫着一股焦臭的味道。

通过那条长廊，魔族基地最隐秘、曾经令他感到迷惘的地方，就在眼前。

这一次，系密特大摇大摆地来到这里。

空荡荡的洞穴之中，只有几个魔族农民站立在那里，那颗巨大的心脏仍旧一跳一跳发出阵阵脉动。

但是除此之外，便什么都没有剩下。

一阵整齐有力的脚步声传来，毫无疑问，那是圣堂武士们正朝着这里赶来。

火炬闪烁的光芒，立刻将那几个魔族农民惊醒，这些魔族农民立刻朝着火光的方向冲了过来。

早已经等候在旁边的系密特，掏出了事先准备好的绳索。

力武士那快如闪电般的身手，用来对付魔族士兵已经绰绰有余，更何况是这些魔族之中并不具有战斗力的种类。

那几个魔族农民在瞬息之间便被制服，魔族的身体构造和人类有极为相似的特性，那些用来捆绑人类的方法，对于它们同样非常有效。

"看样子不用我们帮忙。"火光摇曳，将那位力武士大师巨人般的身影，映照得更为魁梧高大。

"麻烦的是，怎么将这个东西运送出去？"系密特指了指

远处那颗跳动着的巨大心脏。

走到近前，这才发现这颗心脏竟然如此巨大。它的高度几乎和岩洞平齐，如果算上那些盘根错节、朝着四面八方延伸的根系一般的东西，这颗巨大的心脏，几乎占据了这个极为宽敞的洞穴的六分之一。

"除非魔法师能够将这东西变得小一些，要不然我绝对不认为我们能够搬动它。"巨人般的力武士大师说道。

"还有一个办法，或许能够做到，那就是将它切成小块。"系密特耸了耸肩膀说道。

每一个人都知道，这只是个玩笑，因此那位力武士大师不以为然地笑了笑。

"或许，我们可以开辟出一条新的信道。"旁边的一位力武士建议道。

"这间石室，几乎在整座山峰的正中央。"系密特用充满遗憾的语调说道。

"为什么我们要在这里为了这件事情犯愁？这东西或许很难被搬出去，难道那些魔法师们就不能到这里来吗？"力武士大师直接说道。

系密特几乎下意识想到，来的路上所看到的那爬满蛆虫的景象，他皱了皱眉头说道："或许在此之前，应该先将这里稍微清理一下，没有人会对一座巨大的坟场感兴趣，而我们可能不得不在这里逗留一段时间。"

系密特从来未曾想到过，他的建议最终换来的结果。

近千名士兵被驱赶进了这座阴森可怖的洞穴，他们的工作并非是战斗，而是充当清道夫。

值得庆幸的是，士兵们早已惯于在战斗结束之后清理战场的工作。因此，对于那些尸体和蛆虫，他们并没有像系密特那样反感和厌恶。

力武士们始终守卫在最边缘的地方，为了以防万一，许多信道重新用数量惊人的炸雷彻底坍塌。

而此刻，两位魔法师早已经站立在那颗巨大的心脏旁边。

光头魔法师卡休斯不知道从哪个角落，挖来了一个巨大的孵化器，从它的体积可以看出来，这座孵化器原本是用来孵化那庞大无比的魔族的眼睛。

"有必要用这样巨大的东西吗？"系密特看着即将进入的巨大球体，疑惑不解地问道。

"谁知道魔族在孵化的时候是如何选择，将什么样的知识，灌输到哪一种魔族的脑子里面？

"我相信，这些魔族飞船能够得到的知识，毫无疑问是最多的。迄今为止，我们所发现的魔族种类之中，就以这些魔族飞船最高级，也拥有着最高超的指挥能力。"卡休斯一边摸着他的光头一边说道。

对于卡休斯的这番言辞，系密特不置可否。

他记得进入那个孵化器的时候，好像孵化器并没有将什么东西灌输进他的脑子，而当他搜寻到那些魔族的记忆的时候，他也并没有发现那座孵化器有什么级别的限制。

系密特注意到远处那个正在忙着将孵化器和魔族心脏连接在一起的魔族农民。看到此情此景，系密特对于波索鲁大魔法师感到无比钦佩。

这位睿智而又高超的宫廷法师，显然又创造出了一件强悍

而又伟大的武器。

系密特只要一想到，那些最危险的诅咒法师，如果能够受到操纵，它们将成为人类手里最强悍有力的武器。

"你在想些什么？"旁边传来波索鲁大魔法师那微微有些沙哑的嗓音，显然此刻他很劳累。

系密特将自己心中的想法说了出来，没有想到，波索鲁大魔法师的脸上显露出不以为然的神情。

缓缓地在旁边的一张椅子上坐了下来，这位宫廷魔法大师轻轻用手指点了两下，熄灭了两根最靠近的火把。

他悠闲地将双手埋在脑袋后面，仰躺着伸展开身体，并且用懒洋洋的声音说道："亲爱的系密特，我多么希望，你能够为我带来最渴望的东西。

"虽然无数谜团仍旧等待着我们去揭开，不过此刻，我最想要知道的，就只有一件事情。这件事情牵涉到有关魔族繁衍的关键，事实上，此刻我们手里已经掌握了不少线索，但是所有的线索一旦牵涉到那惟一的源头，便消失不见了。

"当初我发现这座基地的时候，曾经以为这里能够找到我们极力寻求的答案。绝对无法想像，当我在你传送过来的景象之中，看到那些孵化器的时候，有多么兴奋。

"但是兴奋过后，我仍旧感到深深的失落。因为那并非是问题的真正答案，那些孵化器的功用，只是让魔族的胚胎迅速成熟，但依旧无法给予我所希望知道的答案。

"一直以来，我和我的老师菲廖斯大魔法师，都渴望着能够知道，魔族到底来自何方？它们如何出生？为什么能够拥有如此惊人的数量？

　　"另一件我们极其渴望知道的事情，就是这些魔族，是如何创造出新的种类？

　　"有一件事情说出来的话，或许很多人会吓一大跳。我和我的老师，甚至包括以往的许多魔法师，并不希望彻底消灭魔族。

　　"几千年来，在魔法师的世界中，都存在着某种想法，魔族看上去和我们是如此相似，至少最初出现的魔族士兵确实如此。

　　"而它们那千变万化的能力，更是令我们感到惊诧，同时也令我们联想起圣堂武士。从某种意义上来说，圣堂武士正是模仿魔族而出现的、从普通的人类之中分化出来的，一支特殊的种类。

　　"不过，那并非是人类自己的成就，创造出这样奇迹的是传说中的诸神使者。

　　"几千年来，人类魔法师无不渴望着，能够接近并且超越这些传说中最接近神灵的生命形式。

　　"但是，可惜这些传说中的诸神使者，早已经消失得无影无踪，我们无法从这些诸神使者的身上，学习到所需的东西，就只能够将目光转向我们的敌人。

　　"我和我的老师非常幸运，因为你突然出现在我们眼前。

　　"你是否还记得，当初你和我的第一次见面，那个时候我只是感觉到你有些奇怪，不过当时的我并没有意识到，你正是我们这些渴望寻求真知的魔法师们，等候了几千年时间的答案。

　　"当然，和真正的答案还有些距离，毕竟你成为现在这个模样，除了那个垂死的魔族的贡献之外，基本上仍旧是圣堂武士所传承的。

　　"我们希望得到进一步的突破，而这个突破，或许便隐藏在那颗巨大的心脏里面。我非常希望能够知道，魔族是如何出生，那些胚胎到底来自何方？

"我并不奢望能够马上得到最终的答案，不过这毫无疑问，能够令我将目光收拢到一个较小的范围。"

波索鲁大魔法师缓缓地说道，他的神情看上去是如此悠然神往。

"万一最终的秘密就隐藏在奥尔麦森林深处的话，怎么办？"系密特突然间问道。

波索鲁大魔法师朝着系密特看了一眼，他露出了一丝苦笑说道："这或许是最糟糕的情况，不过我早已经考虑过这个可能。"

"如果是这样的话，就只能够到那里去寻找答案。我惟一的希望便是你能够帮助我。"

说到这里，这位大魔法师看了一眼远处的那个巨大的心脏。

"请你答应我，尽可能地对那个东西仔细搜寻，或许一个不起眼的小东西，便是那个我梦寐以求的答案的一部分，只要知道那个答案，我们人类毫无疑问便能够在和魔族的对抗之中，获得最后的胜利。

"我们已能控制住魔族的个体，一旦能够找寻到答案，我们便可以同样制造出一支魔族大军。

"让魔族去和魔族互相厮杀，我们所需要做的，就只是从旁配合，并且制订作战计划而已。

"除此之外，以人类的智能和经验，或许还能够创造出比圣堂武士更为强大的种类。"

听到这番话，系密特确实有些愕然，他刚刚只是想到能够控制魔族的魔法，控制住魔族之中最强大、最有控制价值的种

类，没有想到波索鲁大魔法师的计划竟然如此庞大。

想像一下两支魔族大军激烈厮杀的景象，系密特不得不承认，这确实是赢得胜利的绝好办法。

就在这个时候，远处那个魔族农民已停下手中的工作，而那个光头魔法师也正朝着这里走来。

"总算重新连接好了，接下来就看你的了。"卡休斯朝着系密特说道。

不过，此刻系密特注意到的，却是波索鲁大魔法师那充满期盼的眼神。

重新进入那充满了黏稠液体的感觉，确实糟糕透顶，透过那些液体，系密特看着孵化器外面正忙碌着的两位魔法师。

两道魔法阵，将这座巨大的孵化器笼罩在了里面，由波索鲁大魔法师亲自守护这两座魔法阵。

看他那神情专注的模样，毫无疑问，他对于这一次成败是何等看重。

大魔法师那专注的神情，仿佛也感染了系密特，他渐渐将感知沉入了意识深处。

系密特竭尽全力在意识深处搜索着，但是这一次他只感到空荡荡的一片，根本就没有一个意识体能够被他所感知到。

这一次，就连那虚无飘渺、无所不在、仿佛能够将他一眼看透的神秘的眼睛，也没有出现。

系密特渐渐猜想到为什么会这样。

此刻和这颗巨大的心脏联系在一起的，就只有他一个而已，和这颗心脏相连的，或许还有一些孵化器，但是那些孵化器里面，毫无疑问已经没有魔族存在。

新的危机

系密特开始感到有些怀疑，或许那颗魔族的心脏，并非是拥有意识的个体。

或许有其他的途径，将知识和意识传递给那些魔族。

正当他感到焦躁不安的时候，正当他打算结束这一次的搜索，突然间他感觉到一丝微弱的脉动。

感受着那心跳般的脉动，系密特再一次凝聚起他的意识。

上一次是因为进入冥想状态，令他意外地发现能够和魔族沟通。

此刻系密特自然再一次冥想起来。

但是，他并没有感觉到丝毫能够沟通的迹象，那微弱的脉动，只是一股纯粹的能量而已。

系密特感到，这股脉动的能量是如此熟悉，突然间，他想起了上一次，他躲在另外一个孵化器里面时的情景。

那时候，他同样曾经有过这样的感觉，只不过那时所感受到的能量要强得多。

突然间，一个灵感从系密特的脑子里面跳了出来，既然那些魔族会因为缺乏食物而进入冬眠，或许这颗巨大的心脏，也会用冬眠来减少消耗。

只要一想到这些，系密特立刻感到头痛起来，因为这显然意味着，不仅仅要修复魔族基地的心脏，还要将嘴巴、胃和肠子修复好。

不过更加麻烦的是，魔族用来制造食物的原料，那些紫色的植物，此刻已在熊熊烈火之中化为了一片焦炭。

系密特感到深深的无奈，他绝对没有想到，结果竟然会是这样。

 6　新的危机

　　无数盏灯将原本昏暗的洞穴照耀得通明透亮，曾经显得空荡荡的石室，此刻又变得拥挤和喧闹起来。

　　不过这一次围拢在这里的并非是魔族，而是成功占领这里的人类。

　　因为这座山峰已被证实相当安全，原本预料之中魔族的进攻，也并没有出现，那些魔法师终于放下心来聚拢到这里。

　　无论是系密特还是那位护卫的士兵们，都从来没有看到过如此众多的魔法师。

　　七位大魔法师，带着他们的弟子，总共十几个人，通过那建造在魔法协会高塔之上的传送装置，来到勃尔日城。

　　然后，在圣堂武士的保护之下，进入这座山峰。

　　这些魔法师聚拢在一起的智能，果然不可小视。

　　在短短的几天之内，他们已重新布置了一切，其中的一位大魔法师，甚至发现了令那颗巨大的心脏重新强劲脉动起来的办法。

　　虽然那些紫色的植物已在大火之中付之一炬，幸好士兵们

在细密的搜索之后，找到了许多挂在树枝上的那葡萄般的魔族食物。

而另外一位大魔法师同样拥有着惊人的发现，那原本只是一个信手而为的实验。

当初，他看到那些遭到系密特攻击的魔族眼睛之中，有一个还未曾死亡，而那个巨大的孵化器又正好空着。

他信手将那个垂死的魔族眼睛，放入了孵化器里面，令所有人感到惊诧的是，那个孵化器，竟然能够修补魔族眼睛那残破的身躯。

这个无意中的发现，对于那些魔法师们来说，无异如获至宝，也给波索鲁大魔法师极大的启迪。

系密特相信，从这座山峰之中出去之后，这位宫廷魔法大师肯定又会发明许多奇特而又有效的东西。

整整一个多星期的布置，令整个洞穴焕然一新。系密特再次进入到一个正好合适他身体大小的孵化室里面。

重新进入冥想的状态，对于系密特来说已习以为常。感受着四周的一切，他立刻捕捉到了那个魔族眼睛的意识。

有过两次经验，系密特感受到了那个魔族眼睛的精神波动是如此强劲有力，即便想要忽略掉，都不是那样容易。

令系密特感到讶异的是，那个魔族眼睛的精神波动显得异常紊乱和骚动，那是恐惧和害怕的感觉。

系密特隐隐约约能够体会，这个魔族眼睛心中的恐惧。

"系密特，你有什么发现？"突然，波索鲁大魔法师的声音，直接从他的脑子里面跳了出来。

系密特知道，此刻聚拢在这里的每一个魔法师，都将所有的注意力集中在他的身上，注视着他的一举一动。

"那个魔族感到无比的恐惧，我能够感受到它的害怕和彷徨。"系密特在心中默想道，他不知道这样是否就能够和波索鲁大魔法师沟通，只能够尝试一下。

令系密特感到高兴的是，波索鲁大魔法师立刻有所反应。

"这你不用担心，我有办法控制住它，我会让它绝对服从于我们。你所需要做的，就只是从它的记忆和意识之中，尽可能地掏出一些有用的东西。"波索鲁大魔法师缓缓说道。

透过那黏稠而又透明的液体，系密特看到一位魔法师，正手持着一个尖端异常锐利的纤细管子，朝着旁边的孵化器走去。

那根管子轻轻地伸进了孵化器里面，紧接着一阵轻微的波纹荡漾，一支细长的银针飞射出来，银针缓缓地朝前飞去，最终扎进了那个魔族眼睛的身体之中。

就在那一刹那，系密特感觉到那个魔族发出了刺耳的哀鸣，但是转瞬间一切都恢复了平静。

重新进入冥想，系密特小心翼翼地搜索着，但是这一次，他感觉到那个魔族眼睛仿佛将思想和记忆彻底地封闭起来了一般。

"大师，你是否能够将对魔族眼睛的控制权交给我？"
系密特连忙在心中说道。

随着一阵异样的精神波动，系密特感觉到自己仿佛以一条看不见的锁链和那位宫廷魔法师联系在了一起。

几乎就在那一刹那间，无数思绪朝着他猛然间涌来，这一次系密特不再感到难以突破，反而是无从下手。

他极力在意识深处，搜索着那些较为熟悉的感觉。

一个意外的发现，令他猛然一惊。

如果说他已能够感觉到，这些魔族全都彻底地受到某种虚无飘渺的力量所控制的话，那么此刻的这个魔族眼睛却显然拥有自我意识。

系密特沿着这道思绪追寻着那自我意识的足迹。

令他感到惊讶的是，这股自我意识显然刚刚形成不久，至少不会超过一个月时间。在此之前，这个魔族的眼睛就仿佛是一件工具一般，在它的记忆里面只有生存和执行命令这两种简单的思想。

系密特不知道波索鲁大魔法师是否会对此感兴趣。不过他很想知道，这种自我的意识是如何出现的。

他小心翼翼地搜索着，将那些显然与之无关的信息全部撇掉。

突然间一个小小的发现，令他得到了启示。

在那个魔族眼睛的记忆深处，居然存在着一段和那控制一切、不为人所知的魔族幕后指挥者之间的抗争。

系密特感觉到，曾经有那么一刹那，眼前这个魔族试图挣脱那个幕后指挥者的控制。系密特察觉到的抗争是如此微弱，这完全是因为，那个幕后指挥者很快便放弃了对于魔族眼睛的控制。

难道，当初他所看到的魔族自相残杀的一幕，正是因为那些魔族脱离了幕后指挥者的控制，以致那个幕后指挥者想要重新接管一切？

系密特不禁这样猜测起来。他开始对于魔族在什么样的情

况下会背叛那位高高在上的统治者感兴趣起来。

他极力在那个魔族眼睛的记忆中搜索着。

仿佛在翻阅一部厚厚的典籍一般，系密特小心翼翼地翻阅着魔族眼睛记忆片段之中、那前后难以协调符合的庞大内容。

这番努力并非毫无收获，系密特虽然并没有找到这个魔族眼睛背叛的目的，不过他却发现了一件非常有用的事情。

那便是，魔族全都会在暂时失去控制之后的不久，彻底背叛。

这样说来，形成自我意志便是魔族背叛的开始，那些被首先铲除的魔族，显然就是拥有了自我意识的魔族。

系密特突然间想起，当初那些惨遭消灭的魔族流浪者们，自发地组成了一个个小队。不知道这些魔族是否在创造出自我意识之后，也创造出等级和合作关系？

系密特也无从得知，那些魔族如果能够不受到干扰的继续生存下去，是否最终能够成为一支全新的种群？他们是否会演化出截然不同的一种文明？

对于这一切，系密特无从得知，不过他至少知道一件事情，那便是，人类绝对可以利用这一点令魔族进行自相残杀。

想到这里，系密特继续努力搜寻起来。

正如他想像的那样，这些魔族的眼睛被赋予了控制其他魔族的能力。

在系密特看来，从某种意义上来说，这些魔族眼睛并非像兵团的指挥官，而更像是那个手拿银针的魔法师。

这些魔族眼睛的能力令人咋舌，它们能够将精神力伸展到十几公里以外的距离，而且它们的大脑，仿佛由数百个独立的

大脑组成一般，每一个独立的大脑同时能够控制上千魔族。

一只魔族眼睛，便能够控制成千上万的魔族士兵，这确实令系密特感到恐惧。因为他非常清楚，对于魔族来说，士兵的数量从来都不是问题。

不过，和那个隐藏在幕后不为人知的指挥者比起来，这些魔族眼睛所拥有的能力，又算不上什么了。

那个隐藏在幕后的魔族指挥者，根本就不存在任何距离的障碍，它可以轻而易举地将精神力传递到这个世界的任何一个角落。

惟一的弱点，或许便是和魔族的眼睛比较起来，那个幕后的指挥者只能够控制住非常有限的魔族个体。

这样的能力，不禁令系密特想起当初大长老对他说的那些事情。

当一个圣堂武士的力量达到了最高境界，他同样能够突破空间的距离，将精神力传递到任何一个地方。

系密特此刻总算有些明白，魔族是如何进行作战的。

所有的计划，以及战役的组织者和策划者，全都是那个幕后的指挥者。

而那些数量惊人又丝毫不惧怕死亡的魔族，无论是魔族的眼睛，还是最底层的魔族士兵，全都不曾拥有自我的意识。它们仅仅是战斗的工具和用来消耗的武器而已。

一想到这些，系密特便感到毛骨悚然。他总算明白，人类连续两场战役的胜利对于魔族来说，或许根本就没有任何意义。

战役的胜利，只是砍断了魔族指挥者的爪牙，却根本未曾给予幕后指挥者实际的伤害。

系密特感到深深的颓然和无奈。

曾经的辉煌，那惊心动魄的用崩塌的冰峰，将成千上万魔族彻底埋葬的喜悦，已经消失得无影无踪。

或许只要攻击那个幕后的指挥者，这场可怕的战役将彻底终结。突然间，系密特的脑子里面跳出了这样一个念头，不过这个想法，只是令他兴奋了一下而已。

系密特马上想到，如果真存在那样一位指挥者的话，它的位置肯定是在魔族最初出现的奥尔麦大森林。

而在冬季之前，人类根本不可能将足迹重新踏上那片深藏于群山之中的土地。在冬季到来之前，没有人知道，魔族还会发起多少次进攻。

想到这里，系密特便感到前途渺茫。

尽管如此，他仍旧极力搜寻起和那个幕后指挥者有关的信息。

一切正如他所预料的那样，那个幕后指挥者，也是这个苏醒过来的魔族部落的创造者。

这个创造者是第一个苏醒过来的魔族，它创造出了其他的所有魔族，同时也创造出了令它们得以生存的基地。

令系密特感到有些意外的是，他愕然发现，在魔族的社会之中，并不存在原本猜想的那种森严的等级。

除了那个创造者之外，其他的所有魔族都只是工具而已，就像这个魔族的眼睛，它既是运载的工具，也是传递命令的工具。

同样它也是用来控制其他魔族，令其他魔族无法形成自我意识的工具。而这些魔族眼睛，则是在那个创造者亲自监视之

下。

　　它之所以能够获得自我意识，完全是因为，这个地方的基地已被彻底放弃。

　　被封闭在这座山峰之中，丧失了大部分兵力，而且已经丧失了食物供应的它们，只能够进入冬眠状态，令自己的生命得以延续。

　　不过，这种冬眠的形式，最终仍旧会消耗掉它们身体储存的养料，最终令它们步入死亡。

　　从这个魔族眼睛的记忆之中看到这一段，系密特立刻意识到，魔族或许还拥有着另外一种冬眠的形式。

　　或许那种冬眠的形式，便是那个创造者苏醒的方式。

　　但是尽管他费劲心机，将这个魔族眼睛所拥有的记忆仔细翻找了一遍，但是仍旧一无所获。

　　系密特到了此时此刻，终于意识到波索鲁大魔法师的另外一个猜测，或许是正确的。那便是魔族并不是透过传授的方式获得知识，毫无疑问，它肯定存在着另外一种获得知识的方式。

　　而这种方式，也限制了它们可以知道些什么，这些魔族只能够知道和它们自己有关的东西。

　　想到这里，系密特的意识，朝着另一边那个被扔进孵化器的魔族农民，摸索了过去。因为过去从来不曾有过和魔族农民沟通的经历，所以这一次，系密特花费了较多的时间。

　　当他好不容易和那个微弱的精神意志取得了联系，他突然间感到无比奇怪，这个魔族农民，居然自始至终都不曾出现过个人的意识。

　　它就像是一具机器，极为忠实的，一刻不停地工作着，这

个魔族农民脑子里所拥有的记忆，丝毫不少于魔族飞船。

虽然那都是一些千奇百怪，看上去根本就没有任何用处的东西，例如如何让那些紫色植物迅速生长，如何注意孵化器的情况。不过，透过漫长仔细的搜寻，仍旧给他带来了不小的收获。

其中最重要的收获，和波索鲁大魔法师渴望知道的答案有关。

系密特总算知道，那些胚胎来自何方。

令他感到惊诧的是，魔族更像是被制造出来的，而并非是像生命一般出生。那些胚胎，全都来自于那两个他曾经看见过的、巨大的螺旋形的东西。

这颗心脏和那螺旋形的东西，则是整个基地最重要的部分。

前者令整个基地得以生存，并且源源不断地向各个"器官"提供能量，而后者却能够生产出魔族。

每一个螺旋形物体，能够制造出上百万个魔族，它们全都是那个创造者所创造出来的东西。

这个基地的其他部分，全都是后来慢慢演变和制造出来的，只有这三样东西，是来自奥尔麦森林里面最初那个基地的。

无论是心脏，还是那螺旋形的物体，最初都只有巴掌般大小，最初的繁衍极为缓慢，但是到了后来，速度就变得越来越快。

突然间，一个传令兵急匆匆地从外面赶来。

身处于孵化器里面的系密特，完全能够感受到那个士兵匆忙和紧迫的心情，他不由自主地停止了冥想，缓缓地睁开了眼睛。

新的危机

那个传令兵来到波索鲁大魔法师的跟前，低声耳语了一阵。

"不用担心，只不过是我们的前哨，发现了魔族的踪影而已。"波索鲁大魔法师缓缓说道。

这番话，立刻引起了一阵骚动。

系密特缓缓地破开那黏稠的液体，从孵化器里面出来。

"亲爱的系密特，当初你在勃尔日城的时候，做得非常不错，这一次，仍旧交给你来指挥好了，这里的所有魔法师和圣堂武士，都将听从你的调遣。"波索鲁大魔法师走过来说道。

"前哨到底发现了什么？"系密特转过头来，对那个传令兵问道。

"第三巡逻小队报告，在我们的东北方向，有一支魔族队伍，正聚集在那里。"那个传令兵立刻报告道。

系密特忍不住皱起了眉头，他将目光转向了波索鲁大魔法师。

十几个水晶球，同时放置在正中央的一张大圆桌上，数量如此众多的魔法师在场，至少有一件好处，那便是想要寻找一样东西变得异常简单。

在大圆桌的正中央放置着一面巨大的地图，几个军官正在地图上放置着标记，标记之中，蓝色的是伽马兵团的防御线，而红色的则代表那些魔族的队伍。

所有人都看到，在地图上魔族已摆出了一副包围的姿态，以往并不精通战术的它们显然又有了不小的进步。

"看起来，除了退守山峰，没有第二个办法。"伽马团长斩钉截铁地说道，"在外面的树林里，我们绝对不会占有优势。而且看起来，魔族变得更加聪明了，它们并不打算从空中进行突

破。"

"我不这么认为。这里魔族的数量并不是很多，我们手里有不少炸雷，这些炸雷，足以将它们彻底毁灭。"光头魔法师卡休斯说道。

"我刚刚从魔族的记忆中发现，魔族之中那些高高在上的眼睛，如果被全部消灭，魔族将立刻陷入混乱，时间长了，甚至会因为产生自我意识，而被当做是背叛者。"系密特连忙说道。

听到这番话，波索鲁大魔法师立刻将手中的水晶球，对准那些飞翔在高空之中的魔族飞船。

"你的意思是，我们应该首先发起进攻？"这位宫廷魔法大师，立刻明白了系密特的建议。

"混乱的结果，或许会使魔族发起全面的攻击。"旁边的伽马团长立刻提醒道。

"我相信，魔族有组织的进攻，和它们混乱的攻击比起来，前者要致命许多。"系密特连忙说道。

"至少得等士兵们撤回到山峰周围再说。"伽马团长说道。

浩浩荡荡的飞鸟兵团再一次出发，士兵们早已严阵以待。

而系密特和那些魔法师们正围拢着圆桌，从水晶球里面观看着这场厮杀。

浩浩荡荡的飞鸟兵团在魔法师们的指挥下，朝着远处天空中的那些魔族飞船杀了过去。

令系密特意想不到的是，魔族飞船居然一下子全都降低了高度，令那些鸟儿们也不得不降低了高度。

突然间，一阵密集如同雨点般的射击，穿透了茂密的树冠，

将勇敢的鸟儿的前进道路彻底笼罩了起来。

看到飞鸟被纷纷击落，无论是系密特还是那些魔法师们，全都显露出惊诧的表情。他们确实没有想到，曾经战无不胜的飞鸟兵团，居然被如此轻易地瓦解。

当魔族飞船重新飞起到空中的时候，它们的下方吊挂着许多魔族士兵。

飞鸟兵团的覆灭出乎众人预料之外，不过那密集的箭矢总算是弥补了第一回合的失败。

魔族飞船显然深知巨弩的厉害，发起了几波攻势之后，便不再像从前那样前仆后继。

过了好一会儿，一艘魔族飞船在众人的头顶上，高高地飞翔了一圈之后，朝着远方奥尔麦森林的方向驶去。

这场战斗如此迅速的结束，确实令所有人都感到惊讶不已。

在众人的记忆中，魔族发起进攻之后，除非被彻底击溃，很少会选择撤退，这一次的情况，实在是太过于诡异。

不过，令系密特和魔法师们感兴趣的是，他们的那件秘密武器再一次证明了它的威力。

一个比较靠近的魔族飞船被疾射的银针击中，最终被一位大魔法师牢牢地控制住，这个意外送上门来的实验品，自然被运进了洞穴。

重新进入那装满黏稠液体的孵化室，系密特搜索着这个意外俘虏的记忆。

这艘魔族飞船来自于北方森林深处，不过却并非是他所熟悉的奥尔麦森林，而是更靠近南边的地方。

这艘魔族飞船所展现的景象，让系密特感到毛骨悚然，到

处覆盖着茂密树木的广阔森林已成为魔族盘踞的领地。

在茂密的树冠下面，所有的地方都被紫色的植物占据。更令人感到恐怖的是，这些魔族基地蔓延连续在一起。

这些魔族基地，能够制造出多少魔族士兵？

系密特根本就没有办法估计。他惟一知道的，便是这一次战役人类根本就称不上胜利，虽然他们成功消灭了一座魔族基地，但是这同魔族真正的实力比起来，只是九牛一毛而已。

突然间，系密特的目光扫过了一片极为熟悉的土地，那巍峨的群山，那时隐时现穿越群山蜿蜒在山脊之上的信道。那是奇斯拉特山脉，他的冒险开始的地方。

系密特连忙顺着这个记忆仔细搜索，那确实是奇斯拉特山脉，这个魔族的眼睛曾经翻越过奇斯拉特山脉。

在巍峨险峻山脉的一个不起眼的山坳里面，显露出一点紫色的痕迹。

系密特的心一下子变得凝重起来。

魔族眼睛穿透树冠渐渐降落下去，那确实是一个魔族的基地。

不过这个魔族基地显得极为原始，那颗搏动着的心脏只有一人多高。在那颗心脏的旁边，还有一些他从未见过的东西。

其中一个如同竖立着的圆筒，圆筒的顶端布满了大大小小的疙瘩。

在这个基地的四周，隐隐约约能够看到一排孵化器，除此之外就只有几个正忙碌着的魔族农民。

看到此情此景，系密特的心揪到了一起。

他连忙搜寻起这个魔族眼睛所有的记忆。

新的危机

　　几段记忆的片段，令系密特得以确定这座基地建造的时间。

　　如果顺序没有错误的话，在这个基地被坍塌的冰雪埋没之后不久，那个基地便开始建造了。

　　当时显然建造得极为仓促，以至于建造的前后次序都有些被打乱。

　　这个魔族飞船的记忆是揭开许多谜团的大宝库。

　　系密特知道了魔族的基地是如何形成的，正如他所预料的那样，魔族的基地同样是一种极为特殊的生物。

　　不过和其他魔族不同，基地并不会产生意识，也并不存在记忆的载体。装载着知识和记忆的，是那螺旋形的东西，它制造了魔族，并且将知识赋予特定的魔族个体。

　　而布置这一切的，则是眼前这个魔族的眼睛。

　　这个魔族眼睛，曾经参与过那座基地的建造。它在几天之后，便离开了那座建造中的基地。

　　感觉到这件事情极为严重，系密特丝毫不敢拖延报告，他立刻从冥想之中醒来，从孵化器里面站了起来。

　　"大师，我在那个魔族飞船的记忆中，发现了另外一个基地的存在。"

　　系密特的话，令在场的每一个人都猛然一惊。

　　"那个基地，是否会造成对我们的威胁？"波索鲁大魔法师连忙问道。

　　"那个基地在这个魔族眼睛离开的时候，还显得非常原始。不过现在到底变成了什么样子，我不敢保证了。"系密特连忙说道，"那个魔族基地建造在奇斯拉特山脉深处一个不为人知的山坳之中。"

这里的每一个人都非常清楚，那座建造在奇斯拉特山脉的魔族基地意味着什么。

一旦魔族翻越奇斯拉特山脉之后，丹摩尔王朝的大部分土地，都将会笼罩在魔族的攻击之下。

"快去拿张奇斯拉特山脉的地图来。"波索鲁大魔法师高声叫喊道，"我们必须首先确定，那个魔族基地到底在什么位置。"

一边说着，这位大魔法师一边从衣兜里取出那枚水晶球，一道朦胧的白光将一切都紧紧地笼罩在了里面。

在那个水晶球里面，立刻出现了一只鹞鹰的身影，那只鹞鹰，正悠闲地在树枝上 望着。

系密特对于这只鹞鹰，实在是再熟悉不过了，正是这只鹞鹰帮助他建立了惊人的功勋。

一直以来，他都忘了向波索鲁大师讨要这个有用又非常可爱的帮手。

系密特看着波索鲁大魔法师朝着水晶球里面连连比划着，突然间，那只鹞鹰猛然间一蹬踏树枝，身体斜斜地飞了起来。

四周的景色立刻为之改变，变得急速朝身后飞掠而去。

而此刻，波索鲁大魔法师也显然没有了刚才的神采，他那紧紧皱起的眉头，清楚显示出他的内心无比担忧。

"大师，魔族的基地同样需要时间才能够成长，而这个成长的过程，在最初的时候相当缓慢。"系密特连忙安慰道。

"但愿如此，不过不知道为什么，我总觉得有一种心惊肉跳的感觉。"波索鲁大魔法师语气低缓而悠长地说道。

新的发现令众人突然间丧失了所有的兴趣。留下一队士兵

守护住那个空荡荡的洞穴，其他人开始返回勃尔日城。

在离开之前，那些魔法师们重新令那颗巨大的心脏陷入了沉睡之中，除此之外，他们还在洞穴之中的许多地方，放置了威力强劲的炸雷。

而波索鲁大魔法师本人则连夜将他们的发现，告知了远在千里迢迢之外的大长老和国王陛下。

系密特清楚地看到，当那位威严的国王陛下听到波索鲁大师的警告时，他的脸色一下子变得煞白。

他完全可以想像，为什么那位至尊的陛下会显得如此恐慌，毕竟奇斯拉特山脉，远比此刻他们所处的这个地方要靠近丹摩尔中心腹地许多。

魔族一旦在那里成功地建立起基地，完全可以想像，它们几乎能够畅通无阻地进攻任何一个地方。

在奇斯拉特山脉脚下，那里是丹摩尔最繁华的一片土地，高耸的山脉，挡住了来自北方的寒冷的风，也挡住了从海面上飘来的带有丰厚雨水的雨云。

正因为如此，在那块布满了纵横交错的河流的地方，也遍布着人口众多的城市和乡村。

而在更远一些的地方，坐落着好几座在丹摩尔数一数二的大城市，京城拜尔克便是其中的一座。

这样一片肥沃而又富饶的土地，谁都不会希望它有任何闪失。

每一个人都希望尽快回到令自己感到安全的地方。

伽马团长星夜兼程，在黎明的曙光刚照耀到大地上的那一

刻便回到了特赖维恩山脉。

而此刻的系密特，早已驾驶着他那辆轻便迅疾的旅行马车，行进在通往勃尔日的通郡大道之上。

不过，他们的速度和那些魔法师们比起来，仍旧逊色许多。

魔法师们好像都有一套用来赶路的办法，差别或许就只有赶路的速度和效率而已。

波索鲁大魔法师坐在一个金属球里破空飞去，他离去的速度根本无人能及，有几个魔法师乘坐着那闻名遐迩的飞毯，但是此刻在系密特看来，这些飞毯无疑是最低等的工具。

虽然羡慕无比，不过无能为力的系密特，也只好驾驭着他的那辆马车独自启程。

勃尔日仍旧是以往的勃尔日。

中午时分，这座北方最繁华的城市，渐渐变得喧闹起来。

系密特驾着马车，从西侧的城门进来，他正好看到城门口有一群流浪艺人，在那里献艺表演。

以往这个时候，这些流浪艺人早已经前往其他地方。总是停留在一处，显然不符合他们的名声，但是自从北方领地遭受到魔族侵袭之后，通往其他郡省的道路，就被彻底封锁了起来。

刚刚回到勃尔日的系密特，直接朝着市政厅驶去。

此刻的北方领地，和他真正密切相关的，就只有温波特家族，和他的教父比利马士伯爵等有限的几个人而已。

系密特或许会向其他人保守秘密，但是他肯定会告诉这几个他最亲近的人。

此刻的系密特，和几个月以前第一次回到这里的他，已经

新的危机

完全两样。

塔特尼斯家族的名声，非但没有因为这个家族离开了蒙森特、离开了北方领地而变得陌生。

相反的，随着这个家族在京城拜尔克的飞黄腾达，还越来越受到推崇。

如果说，当初在北方领地之中，还有不少人对于塔特尼斯这个名字不以为然的话，那么此刻，这些人不是消失在监狱的哀嚎声中便是彻底地转变了看法。

而塔特尼斯家族的幼子身份，同样令系密特在这里畅通无阻。

一路上，系密特看到许多他不认识的人，都朝着他点头致意，这令他感到一丝骄傲的同时，又有些烦恼。

当他来到市政厅门前，那些门房一口一声"尊敬的老爷"，将他殷勤地迎接进那座恢弘壮丽的大楼时，系密特心中的这种感觉，就越发浓重起来。

直到远处传来那熟悉之极的呼唤声，系密特这才感到稍微轻松了一些。

和他打招呼的是温波特伯爵，这位擅长生育女儿的老好人，还是和以往一样，满脸堆着和蔼的笑容。

"噢，我正打算拜访您呢！比利马士先生在哪里？"系密特问道。

"别管你的教父，此刻他或许正在实验他的那个连续射击弩弓，要不然就是在摆弄那辆马车，说实在的，他对于那次输给你，一直耿耿于怀。"温波特伯爵微笑着说道。

"对了，有一件非常重要的事情，我正要告诉你。"温波特

伯爵的脸上，显露出神秘的笑容。

对于这样的笑容，系密特实在是再熟悉不过了，以往每当温波特伯爵要送玩具给自己的时候，总是露出这样的笑容。虽然，那些玩具十有八九是系密特根本不喜欢的，比如做工精致的洋娃娃。

"你的姑姑和沙拉很快就要到这里来了。"

温波特伯爵突然间提高了嗓门说道。

如果是之前知道这个消息，系密特肯定会兴奋地立刻跳起来，但是此刻他的脸上却显露出一丝忧色。

温波特伯爵并非是一个迟钝的人物，他一看到系密特的神色不对，立刻意识到发生了什么糟糕的事情。

拉着系密特来到旁边的一间休息室，这位郡守将原本躲在里面悠闲休息着的几个官员，全都驱赶了出去。

"有一个非常糟糕的消息要告诉你，我们刚刚发现，在奇斯拉特山脉的深处，有一座魔族的基地。"系密特语气低沉地说道。

温波特伯爵微微愣了片刻之后，点了点说道："看样子，又有大麻烦将降临在北方领地了。"

"或许这一次并非是北方领地会遭遇麻烦，或许骚乱会波及到京城拜尔克。"系密特小心翼翼地说道。

"情况糟糕到什么程度？"温波特伯爵微微有些焦急地问道。

"我们还无法确定，只知道那个基地，是在我们成功的消灭了特赖维恩堡附近的那个魔族基地之后，建造起来的，按照我们对于魔族的了解，现在那个基地的规模应该还不大。"系密特连忙说道。

"国王陛下知道这件事情吗？"温波特伯爵问道。

"知道，我们不敢隐瞒，因此当天便向他进行了报告。"系密特说道。

"那么你说说看，国王陛下会采取什么样的行动呢？"温波特伯爵越发显得焦虑起来。

系密特非常清楚，这位老好人是在为什么而担心。

"或许通往北方领地的所有信道，都会被封闭，最坏的可能是，沿路的所有城市都无法通行。"系密特皱紧了眉头。

"噢，玲娣和沙拉此刻就在括拿角，她们俩已在那里停留了整整三天，我原本打算今天晚上出发，前往括拿角和她们见上一面。"温波特伯爵重重地叹了口气说道。

"我简直无法想像，哥哥应该是一个相当谨慎的人，他非常清楚在这个时候，让沙拉小姐和玲娣姑姑前往北方领地是多么不合适。"系密特疑惑不解地说道。

"这是文思顿的主意，不过文思顿并没有打算让她们绕过沙漠，他和括拿角的驻守兵团打了个招呼，找各种理由令沙拉和玲娣滞留在那里，然后让我前往括拿角去看望她俩，无论如何，这也算是完成了她俩的心愿。"

温波特伯爵微微有些忧伤地说道，从他的神情之中，完全可以看得出来，他确实非常希望能够看到女儿的到来。

"在我看来，这只会令事情变得更加糟糕，玲娣姑姑的性情相对温和，或许她能够被您说服，但是您应该非常了解沙拉小姐的性格，您有把握同样说服沙拉小姐吗？

"沙拉小姐千里迢迢赶到这里，我相信她绝对不会只是希望见您一面，我相信，最终被说服的，绝对不会是沙拉小姐，而是您。"

系密特说道，对于这个老好人，他实在是再清楚不过了，丝毫不亚于他对沙拉小姐的了解。

正因为如此，在系密特看来，文思顿确实出了一个馊主意，不过他多多少少也能够猜想到，自己的姑夫为什么会做出如此愚蠢的事情。

玲娣姑姑确实温和而又软弱，不过她一旦变得固执起来，那软缠硬磨的功夫，正好是文思顿的克星。

毫无疑问，文思顿在妻子的柔软攻势之下，不得不妥协，而将麻烦和烦恼扔给了温波特伯爵。

"我必须等候国王陛下的指示，不过我会抽空前往括拿角。"系密特说道。

"噢，这实在是太好了，对于沙拉和玲娣，你一向很有办法。"温波特伯爵高兴地拥抱了一下系密特说道。

听到这番话，系密特确实有些哭笑不得，这可绝对不是什么恭维的话，或许用来作为他懵懂童年顽劣岁月的总结，正好合适。

不过，既然眼前这位老好人慌了手脚，系密特知道，此刻确实只有自己能够将玲娣和沙拉劝服回到京城拜尔克。

虽然那里也未必意味着安全，不过总比括拿角这个什么都没有的地方好一些。

如果情况真的变得异常严峻，或许不得不让她们俩暂时回到勃尔日，这里尽管同样是最危险的地方，幸好这里还有坚固的城墙和守卫城墙的士兵。

不过在此之前，系密特还有另外一件事情必须确认。

魔法协会和市政厅离得并不太远，系密特甚至没有乘坐马车，而是徒步走来这里。

和上一次一样，系密特直接进入了那耸立的高塔。

因为多了不少人，这里显得有些拥挤。

此刻，那几位实力高超的大魔法师，正凑在正中央的一个巨大的水晶球前面观看着，系密特根本不用太靠近，便知道事态已变得多么严重。

 7　小玩意儿

古铜色柚木的桌子上，放着两个精致的银质酒杯，昏黄的灯光，映照在那嫣红色的酒浆之中，显得格外迷离和艳丽。

波索鲁大师将双手再一次插入旁边的水盆里面，水面上立刻漂浮起一片细碎的冰晶。

"魔法师确实令人羡慕无比。"坐在对面的系密特，看着波索鲁大师优哉游哉的模样，忍不住说道。

将冰晶放进酒杯里面，宫廷魔法大师笑了笑问道："你指的是这个？"他悠然地拿起了酒杯，将其中的一个递到系密特的手里。

"你是我所看到过，惟一一个让小孩子喝酒的人。"系密特说道。

"你难道没有偷着喝过？"波索鲁大魔法师反问道。

系密特耸了耸肩膀，大人的禁止对于小孩子来说，永远是注意和好奇的原因。

正因为如此，在他看来，如果不是那些大人的禁止，或许大多数小孩根本就不会去碰酒。

新的危机

　　毕竟和甘甜的果汁、醇厚的酸奶比起来，酒并非是马上就能够令孩子接受的饮料。

　　或许正是因为大人的禁止，令酒变得神秘，以至于引起了小孩无尽的好奇。

　　轻轻接过酒杯，系密特抿了一口，他哥哥所收留的人之中，有一位相当出色的调酒师，而格琳丝侯爵夫人的领地之中，也有几位对酒非常有研究的人物，耳闻目睹之下，系密特对于这种饮料的了解，也远在普通人之上。

　　事实上，他早就注意到，波索鲁大魔法师对于酒有着特别的喜爱，不过这个家伙只喝好酒，对于稍微差一些的酒，连碰都不碰一下。

　　"这一次，你不会打算让我再冒险前往奇斯拉特山脉吧。"系密特放下酒杯问道。

　　"当然不会，你已经令我对魔族有了非常深刻的了解，而且这一次我也并不认为，还能够像上一次那样幸运，能够给予那些魔族基地毁灭性的打击，那里根本就连一座雪山都没有。"

　　说到最后那句话的时候，这位宫廷魔法师的语调之中，充满了遗憾。

　　系密特听到这番话，甚至有一种心惊肉跳的感觉。

　　他绝对确信，如果不是因为这最后、也是最关键的原因，眼前这个家伙，十有八九会让自己再一次前往那险峻难行的山脉深处进行冒险。

　　"魔族基地蔓延和成长的速度，好像和我在山洞里面感受到的有些不同，第一座基地花费了许多时间才拥有如此规模，但是现在，顶多一个月的时间，那几片山谷里面已经全都被魔

族所占据。"系密特皱紧了眉头说道。

只要一想到那幅影像之中令人毛骨悚然的一幕，系密特甚至感到阵阵寒气顺着脊背涌上来。

"你好像忘记了，魔族能够用同类的尸体，来修补损坏了的基地核心，想必它们也能够通过这种办法，令基地核心迅速成长。"波索鲁大魔法师忧心忡忡地说道。

"我们是否还有希望？"系密特低声问道。

"希望？"

波索鲁大魔法师露出了一丝无奈的苦笑。

"我此刻无法给予任何令人满意的答复，无论是我，还是我的老师菲廖斯大师，都在寻找这个问题的答案。

"不过，我对于人类的未来，拥有绝对的信心，这种自信，来自于我们对于这个世界的认知。

"现在已经不是埃耳勒丝帝国统治时代，近两千年的漫长岁月，令此刻的我们，变得比以往任何一个时候更加强盛。

"埃耳勒丝帝国时代，从凯贝托到拜尔克需要一个月，这在当时已经算是很短的时间，大多数人只能够徒步旅行，那就需要花费更多的时间。

"或许此刻的士兵，未必比埃耳勒丝帝国时代，那闻名遐迩、几乎横扫整个世界的、浑身都包裹厚厚铠甲的兵团更加强悍，不过，文明的进步，使得此刻的我们，能够进行一场旷日持久的漫长的战斗。

"强盛的埃耳勒丝帝国，无论如何都不可能拥有像现在这样源源不断的人力和财力的补给，在我看来，这便是我们能够获得胜利的关键。"

新的危机

波索鲁大魔法师的话，令系密特微微有些惊讶。

系密特原本以为，这位睿智的魔法师，会将希望寄托在此刻众多的圣堂武士和魔法研究方面的成就。

不过在惊讶的同时，系密特确实有一丝感慨。

或许波索鲁大魔法师所说的没有错，无论是上一次战役还是这一次，魔族受到的杀伤之中，最多的便是被重箭矢所射杀。

那些重型军用弩和巨弩，虽然是士兵们手中的武器，不过如果没有成千上万的工匠制造这些武器，并且源源不断地制造出箭矢，单单靠射击技术纯熟的士兵，根本就没有任何作用。

除此之外，系密特还想到了那些威力惊人的炸雷，这些炸雷虽然是魔法师们发明出来的东西，不过制造它们的，大多数仍旧是普通人。

"最近这段时间，您有什么打算？"系密特问道。

波索鲁大魔法师看了系密特一眼，反问道："你这样问我，想必你有什么事打算去做。"

对于这位魔法师敏锐而又周密的大脑，系密特只能够发自内心表示钦佩。

"是的，我有些私事想要去处理一下，有可能会离开蒙森特郡一些时间。"系密特说道。

"这就是你来找我的原因？我明白了，你是担心国王陛下万一找不到你，会认为你擅离职守。你打算用什么样的名义离开，是我让你去办事？"波索鲁大魔法师一眼便看出了小家伙的心思。

系密特耸了耸肩膀，他知道自己绝对瞒不过那几位无论在智能还是阅历方面，都远远超过常人的家伙的眼睛。

141

"好吧，我答应你的要求，就将这当做是我让你冒险的补偿。"波索鲁大魔法师点了点头说道。

"我得想想，怎么让你随时和我保持联络，万一这里需要你的帮助，你得立刻回来，这是我惟一的要求。"

波索鲁大魔法师立刻加了一句。

"我时刻都带着你送给我的那张羊皮纸，还有那些窥探水晶。"系密特说道。

"用那东西联络实在太麻烦，而且谁知道你是否会经常察看上面是否有内容？"波索鲁大魔法师连连摇头说道。

他走到旁边的一张布满珐琅镶嵌的白漆矮柜旁边，拉开了矮柜的抽屉，不停地翻找起来。

矮柜里面放满了乱七八糟的东西，这位大魔法师不得不将那些较大也较为碍眼的玩意儿，一个个都拿出来，放在矮柜上面。

好一会儿之后，他的脸上才露出如愿以偿的微笑，只见他手里拿着一颗水晶球。

"我猜，这里肯定能够找到这东西。"波索鲁大魔法师微微有些兴奋地说道，"不用浪费我的时间和精力了。"

说着，他轻轻地转动着那枚水晶球，水晶球里面立刻浮现出外面街道上的景象。

"看起来没有什么问题，你将这带在身边，我会通过它随时和你联络，以你的力量操纵它，绝对没有任何问题。"

波索鲁大魔法师将那枚水晶球递到系密特的手中。

爱不释手地抚摸着大魔法师的礼物，系密特的心中确实高兴极了，他早就对卡休斯手里的那枚水晶球感到羡慕，在他眼

中，拥有一颗属于自己的水晶球，无疑便是魔法师身份的象征。

"既然有这样方便的东西，为什么上一次你不给我？"系密特忍不住问道。

"任何东西有好的一面，总会有不好的一面。用水晶球进行联络虽然方便，不过可联系的距离却也有限。

"虽然可以通过设置魔法阵之类的办法，令距离大大延长，不过那毕竟不太方便。

"因此，我建议你仍旧将那张羊皮纸留下，或许还能够帮得上你的忙，那张羊皮纸还有一些其他用处，好好寻找一下，也许你会因此而感到无比欣喜。"波索鲁大魔法师微笑着说道。

"不停地探索是魔法师的天职，这我早就知道。"系密特同样笑了笑说道："不过，您是否能够给予一些提示？"

"可以。给你一个小小的提示，你也可以往那张羊皮纸上写东西，那张羊皮纸足够让你抄录一整套《丹摩尔百科全书》——三十五本叠起来，可以占满一面墙壁那么多的书，全都可以被抄录在那张小小的羊皮纸上，这你总能够感到满意了吧。"波索鲁大魔法师说道。

"那么为什么，您和其他魔法师们所阅读的书籍，仍旧是普通书籍的样子，而并非是这样的羊皮纸？"系密特忍不住问道。

"你再一次令我见识了你那旺盛的好奇心。我刚才不是告诉过你，任何东西有好的一面，总会有不好的一面吗？

"用羊皮纸记载的文字，无法保存一个世纪以上的时间。除此之外，还有一个原因便是，那种羊皮纸，无法用印刷的办法记录文字，而手工撰写，实在是一件令人望而生畏的工作。"

波索鲁大魔法师说道。

"探索是魔法师的天职，那是否允许我探索一下那个东西？"说着，系密特指了指那个抽屉还没有关上的矮柜。

他不停地将一些小玩意儿掏出来，此刻的系密特看上去，和普通的小孩没有什么两样，那个精致的矮柜里面的东西，对于他来说，毫无疑问是这个世界上最有趣的玩具。

只不过其中的大部分东西都太危险，波索鲁大魔法师显然不会同意，让系密特将它们带出魔法协会。

"这是什么？"

系密特看到抽屉的底部，放着一堆黑漆漆如同煤块一般的东西，不过摸上去的感觉，却又像是玻璃。

"你是否还记得，我曾经尝试将太阳的光芒聚拢和储藏起来？这就是最终的成果，这些水晶里面，储藏着一天之中照耀在一亩土地上的所有阳光，这些阳光可以被缓慢地释放出来，当然也可以将这些水晶一下子打碎，那将会令一些不幸的人在瞬息间失明。"波索鲁大魔法师说道。

"您原本是否打算将它们当做是武器，令进攻的魔族全都变成瞎子？"系密特忍不住问道。

"你的反应非常敏锐，判断也挺正确。"波索鲁大魔法师称赞道，"不过，实验并不是非常成功，魔族的眼睛显然并非像我想像的那样脆弱，九成以上的失明都只是暂时的状况，只有不到一成的实验品彻底失去了视力。"

"暂时的失明要持续多久？"系密特好奇地问道。

"多则一个小时，少则十几分钟。"波索鲁大魔法师回答道。

"这已经足够了啊，在我看来，它们是相当不错的武器，

新的危机

十几分钟的时间，足够结束一场战斗。"系密特不以为然地说道。

这番话令波索鲁大魔法师恍然大悟，兴奋之下他根本就没有注意到，系密特已经将这些极为危险的武器，偷拿了几个塞进兜里。

"想要让阳光缓慢地释放出来，应该怎么做？"系密特问道。

从兴奋之中恢复过来的大魔法师回答道："冥想并且找到里面的核心，然后念诵咒语，咒语非常简单，'拉——特'，就这样。"

一道阳光突然间，从系密特手里跳了出来，感受着那微微的温热，系密特几乎沉醉在其中。

"非常神奇，可以在晚上当灯来使用，也会是一根不错的火把，因为不会冒烟或许还能够在水里照亮，可惜，对于我来说没有什么用处。"说着，系密特故作姿态地将手里的水晶放回了原来的地方。

"对了，我请您帮我的那件事情，进展得怎么样了？"系密特忍不住问道。

"你缺乏足够的魔力，所以即便能够将那有限的魔力转化成为闪电，也根本不足以令你的速度有明显的提高，事实上，这还不如直接将魔力运用到我送给你的那件铠甲上有效。"波索鲁大魔法师淡然地说道。

"能武士好像同样不具有惊人的魔力，为什么他们就能够发出威力惊人的闪电风暴呢？"系密特忍不住问道。

"这完全得归功于他们身上穿着的那件铠甲。此刻的你穿上那样的铠甲，或许能够发出闪电风暴也说不定。

"不过，因为精神力的特性不同，你对于闪电能量的感应，

145

绝对不会像他们那样强烈，所以在运用方面，也不会那样有效。

"我们这些魔法师，同样能够通过精神力，而并非是魔力来驱动某些魔法，你想必看到过，我施展一些小魔法，根本就不用念诵咒语，这便是运用精神力施展魔法。

"不过对于比较大的魔法，只是运用精神力，将不足以支持魔法的运行，这就需要用魔力来维持。

"对于我们来说，即便运用了魔法阵或者魔法物品，如果想只依靠精神力来施展魔法的话，仍旧相当困难。

"我曾经告诉过你，魔法师、你和能武士在精神力方面的区别：魔法师的精神力弱而且不稳定，但是拥有着绝佳的可变性；而能武士的精神力强劲稳定，却只对闪电能量有感应；你则介乎于两者之间。

"不过在魔力方面，你却和能武士极为相似，虽然魔力的源泉仍旧是精神力，但是迄今为止，没有任何一个人清楚地知道其中的真正奥妙。

"为什么拥有着强大精神力的能武士，并不具有同样强大的魔力？以往我们一直以为，之所以这样，是因为能武士早已经习惯于依赖那件铠甲，但是你的出现，证明事实显然并非如此。"波索鲁大魔法师无奈地说道。

"那么，是否能够将能武士身穿的铠甲变得小一些？以适合我穿着？"系密特忍不住试探道，此刻他仍旧没有死心。

"恐怕无法做到，对于和圣堂武士有关的那些魔法阵，一直以来都是我们梦寐以求、希望能够揭开的谜题，但是令人遗憾的是，这样的努力始终没有成功。

"无论是圣堂武士发育成长的魔法阵，还是你们进行精神力锻造的魔法阵，抑或是那个召唤闪电的魔法阵，其中的奥妙，我们始终无法理解。

"虽然运用起来丝毫没有问题，不过不知道奥妙，就没有办法修改，就拿飞毯和我所乘坐的星辰来说，它们全都是从能武士铠甲转变而来的；那令我们飞翔在空中的魔法阵，和能武士身上起到同样作用的魔法阵一模一样。

"而召唤闪电的魔法阵，其中的一部分只要稍微更改一点，立刻就不起作用。

"如果你不介意整天背着一副车轮的话，我倒是能够实现你的愿望。"波索鲁大魔法师回答道。

对于那发疯似的速度，系密特确实无比心动，不过当他的脑子里跳出那愚蠢而又笨重的模样，他立刻打消了这个想法。

虽然曾经有那么一瞬间，系密特甚至想到，在波索鲁大魔法师所说的那副巨大车轮四周遍布利刃，或许同样能够成为一件威力强劲的武器。

不过这一瞬之间的念头，转眼就烟消云散。

微微有些失落地退出了那座尖尖的高塔，系密特开始思索起什么时候应该启程来。

是乘坐那辆极为显眼的马车穿过沙漠呢，还是孤身一人穿越山脉之间，左右摇摆了好久，系密特也没有做出最终的决定。

接二连三感觉遭受挫折的系密特，独自一个人坐在自家后花园的椅子上面。

自从法恩纳利伯爵离开之后，这座宅邸就一直空着。

塔特尼斯家族的威名以及上一任主人那凄惨的命运，最终令北方领地之中每一个窥视这座宅邸的人，都不敢越雷池一步。

正因为如此，虽然名义上这座宅邸已算是无主之物，已经成了勃尔日城任何一个人都能够购买的产业，但是此刻却仍旧空着，而系密特自然而然的成了这里惟一的住客。

有些孤独，又有些留恋，充满了挫折感的系密特，像普通孩子那样坐在椅子上，虽然他的脑子里面拥有历代圣堂武士的记忆，不过此刻，他仍旧像其他任何一个小孩子那样，努力寻找着令自己开心起来的东西。

观赏了一会儿花园里面的玫瑰，此刻的花园，已经不是当初那个闻名遐迩的花园。虽然仍旧种满了玫瑰花，不过品种就只有那常见的十几种而已。

丧失了兴趣的系密特，开始掏摸起自己的口袋，突然间，他摸到了一件冷冰冰、有棱有角的硬东西。

掏出来一看，正是他从波索鲁大魔法师的眼皮子底下，偷出来的那几颗封存着阳光的水晶。

突然间，一个念头从他的脑子里面跳了出来。

"既然阳光能够被储存起来，或许闪电的能量，也能够像阳光一样被储存？"系密特想到这里，他的心中立刻再一次充满期望。

"反正我根本就不用'闪电风暴'那样庞大的能量，也就不用那庞大而又沉重的铠甲，只是不清楚那令闪电的能量得以储存的魔法阵，是否同样很大？"系密特自言自语着。

虽然有那么一丝担忧，不过系密特的心中不禁兴奋起来，此刻他最关心的，已经不是他的想法是否可行，而是如何驾驭那发狂、不受控制般的速度。

几乎在下意识中，他跳过了失败的可能。

新的危机

这或许便是小孩子的思维方式。

在圣堂，一堆残破的废物堆里面，系密特不停地翻找着。

他刚刚从那座高耸超越城里任何一座建筑物的魔法师塔回来，令他感到再一次失望的是，那里的魔法师竟然告诉他，波索鲁大魔法师，正在进行一种不能被打扰和中断的魔法修炼。

按照那些魔法师们的说法，波索鲁大魔法师将会在明天清晨结束修炼。

此刻，一心想着拥有那令人感到不可思议速度的系密特，根本就等不及看到第二天升起的太阳。

那种发狂般的感觉是如此与众不同，自从成为圣堂武士以来，系密特还是第一次找寻到自己完全驾驭不住的强大力量。

向那些魔法师们询问了一下能武士用来储存闪电能量的魔法阵，系密特便急不可耐地赶来了这里。

他在那些圣堂武士惊讶的注视下，一头扎进了这片垃圾堆。

扔在这里的，全都是破碎到难以修整的铠甲和武器，它们中的大部分将被重新熔化，并且铸成新的武器。

不过，将这些特殊的金属熔化，并非是一件简单的事情，也不是任何一个地方的圣堂都能够做到。

正因为如此，圣堂一向是等到这些残破的金属堆积到一定的数量之后，才一起运往能够熔化和铸造它们的地方。

而北方领地毫无疑问最偏僻而又遥远，运输的不便，令重熔再造的周期变得比其他地方更为漫长，再加上魔族的进攻，令武器的折损大大增加。正因为如此，这里早已经堆积了不少废品。

令系密特感到失望的是，堆积在这里的几乎全都是弯刀，

偶尔有一两件能武士的用具，也大多是头盔和靴子之类的玩意儿，这些东西上面，并没有看到他一直在寻找的魔法阵。

看着眼前散乱的一堆金属，系密特感到非常失望。

仔细想一想，那些巨大得如同岩石一般厚实的铠甲，看上去确实不容易损坏。

系密特信手捡起一只靴子，无意之间翻了一下，仿佛如获至宝一般，那个他一直在寻找着的魔法阵，就在靴子里面。

看看这几乎能够容纳得了自己整条腿的靴子，完全是用金属打造而成的，那两个魔法阵就刻在两侧那两块最厚实的金属板上。

下意识地往自己的腰际一摸，系密特这才发现，他并没有带着自己的弯刀。

拎着那几只靴子，系密特兴高采烈地离开了那个堆满了垃圾的地方。

没有人知道，这个莫名其妙的小孩，又要做什么莫名其妙的事情，不过每一个人都相信，这个莫名其妙的小孩，做的莫名其妙的事情，总是能够令人大吃一惊。

正因为如此，当这个小孩向一个力武士借取弯刀的时候，没有人阻止。

同样，当这个小孩拿着那几片切割下来的厚实金属块，请求一位能武士大师往里面填充闪电能量的时候，也没有人感到惊讶。

披着黯淡的月色，系密特行走在蒙森特南部那连绵起伏的群山之中，在夜色笼罩下，远处的一座座山峰，如同交错的尖

刀利刃。

系密特猜想着自己的突然离去，是否会再一次被那些熟悉自己的人，当做是塔特尼斯家族那冲动喜爱冒险性格的证明。

不过，他确实感到自己一刻都难以等待。

只不过他有些难以确定，无法等待的，到底是前往括拿角探望玲娣姑姑和嫂嫂沙拉小姐焦虑的心情，还是进行那未知尝试的渴望。

一阵惊叫，划破了夜晚的宁静，他用力甩着麻痹的手臂，刚才那阵猛烈无比的刺痛，此刻仍旧未曾彻底消退。

刚才毕生难以忘怀的一击，并没有让系密特找寻到那发疯般的速度，反倒令他痛得差一点快要疯了。

看着手里的这块金属，系密特不知道是否还要继续尝试下去，只要一想到刚才那阵从来未曾有过的剧烈疼痛，他便有些泄气。

系密特确信，虽然寻求力量的道理充满着艰辛，不过在刚才那令人不寒而栗的可怕痛苦之中找寻力量的奥秘，或许纯粹就是自虐。

咬紧牙关几次想要放弃，但是那曾经刹那间令人感到不可思议的速度，又让他难以忘怀。

同样，每当他咬紧牙关，几次打算继续实验下去，但那痛苦之极的感觉，令他刚刚鼓起的勇气，立刻消失得一干二净。

他小心翼翼地伸出手指，闪电般的在正中央那个魔法阵上轻轻点了一下，一阵吱吱声中，蓝色电芒飞窜而起，舔噬着那根可怜的手指。

那可怕的感觉，再一次将系密特的所有意识彻底吞没。

或许是因为事先已经有所准备，或许是纤细的手指令伤害变得最小，或许是那迅速的一点，并没有让闪电的能量找到足够的宣泄之处，当系密特重新在一片麻痹之中寻找回一点点感觉的时候，他感觉这一次没有上一次那般难以忍受。

不过，系密特绝对不会希望自己渐渐适应这种可怕的痛苦，即便再渴望拥有力量，也不会用这种办法。

看着手里这副手套，正是那厚厚的兽皮，令自己的手免受伤害，难道要全身包裹在兽皮里面？

突然间，系密特感到，那包裹在兽皮里面的手套格外的温热，他这才意识到，在这炎炎的夏日之中，穿着一套厚实的兽皮衣服，是多么怪异和不切实际。

继续试验下去，对于系密特来说，绝对是万万不敢的，但是就此放弃，又令他感到不甘心。

难以取舍，令他再一次迷惘。

就在这个时候，远处突然间显露出一点黯淡的光芒，那微微晃动着的光线，看上去仿佛是一盏灯。

看了一眼头顶上的天空，此刻已是深更半夜，系密特想像不出，还有什么人会在这个时候赶路。

更何况前方是一片树林，自从魔族的踪迹出现在北方以来，树林已经成了危险和死亡的代名词。

而且在系密特的记忆之中，附近除了几个庄园，也没有任何城镇。

他注视着那令人感到不可思议的黯淡灯光。

灯光并非朝着勃尔日城前进，而是往树林的更深处走去。

这应该不会是魔族。

系密特绝对可以确定一件事情，那便是魔族并不懂得利用火。

无论是用火来烹调食物，还是用火照明，迄今为止，还没有任何人见过魔族做出上述的任何一件事情。

将精神力集中在耳朵和眼睛，系密特从那垂死魔族得到的力量，令他穿透了重重的树林。

虽然仍旧难以看清，不过他至少已经知道，在树林之中，正有一队人，小心翼翼地前行着。

这队人显然是为了隐藏行踪，因此除了为首开路的那个人手里拿着灯，后面的人都凑着暗弱的灯光前进。

这些人的行动显得鬼鬼祟祟，立刻引起了系密特的注意。

他小心翼翼地跟了下去。

虽然从来不曾练习过如何在黑暗中悄无声息地行走，那是刺客和杀手才需要练习的课程，不过拥有着圣堂武士力量的系密特，仍旧轻而易举地做到了这一点。

轻轻用脚尖一点，那强健有力的大腿肌肉所爆发出来的力量，便令他的身体朝前方疾射出好长一段距离。

而系密特那低伏的身躯，紧贴着地面如同乘风滑翔一般，时而他用双臂轻轻拍击地面和两旁的树木，这只是为了令身体保持平衡，或者改变前进的方向。

如同一片树叶般往前飘飞，又宛如一阵风掠过地面，此刻的系密特看上去，并非是在奔跑，反而更像是在飞翔。

这种滑翔的感觉，原本就令系密特感到欣喜，虽然这离他所希望的，像魔法师那样在空中飞翔仍旧有一段距离，不过此

刻，他已经稍稍满足了对于飞翔的渴望和憧憬。

就像其他小孩子，骑着木马幻想着自己骑着真正的战马，在战场上驰骋厮杀一样，系密特也在乘风滑行般的飞掠之中，寻找着飞行的感觉。

这种感觉对于此刻的他来说，是那样新奇和美妙。

惟一让系密特感到遗憾的是，这场有趣的游戏很快便结束了，因为他已经紧紧地跟随在那群人的身后。

靠近之后，系密特终于能够看清这些鬼鬼祟祟的赶路者。

令他微微有些惊讶的是，这些人怎么看都只不过是一些普普通通的平民百姓。

除了为首的那个人手里拎着一根棍棒，就只有一个人拿着一把弩弓，其他人全都没有任何武器。

这群人只有六个而已，除了为首的那个人，其他人都背着沉重的行李。

引路的人看上去四十上下年纪，一脸的皱纹令他看上去充满了饱经风霜的感觉。他手里拎着一盏马灯，显然是为了防止灯光外泄，因此马灯四周的合叶全都放落下来，只剩下正前方那一点点昏黄的灯光。

就是那一点点灯光，引起了系密特的注意，不过他非常确信，如果是别人的话，肯定没办法注意到树林里面有人。

这群人行走得并不迅速，事实上，甚至只能够用极为缓慢来形容。一路之上，好几次有人跌跌撞撞地差一点摔倒在地。

跟随在这群蹒跚而行的人身后，系密特同样缓缓地挪动着，如果不是此刻他的好奇心战胜了一切，或许他早已经离开这群如同蜗牛般缓慢爬行的人。

　　值得庆幸的是，当天空渐渐出现一丝亮光的时候，山坡开始变得平坦起来，而且这里显然是下坡路，那群人的速度明显加快了许多。

　　东方的天际渐渐发白，远处隐隐约约传来了潺潺流水的声音。

　　"加把劲，就快要到了，前面就是小镇。这两天的路你们没有白赶，到了那里，你们就算是获得了一半的安全。"那个为首的人突然间说道。

　　这一路上，始终没有人开过口，显然这群人并不打算引起别人的注意。

　　为首的那个人开口之后，其他人纷纷取下一支衔在嘴里的木棍，正是这些木棍，保证他们即便遇到意外，也不至于尖叫出声。

　　"这还只是开始，接下去的路程是否更加崎岖？"其中的一个人问道。

　　"不，或许可以这样说，最累的两段路程之中的一段，你们即将通过，另外一段是翻越山口的路程，那是至少需要花费十几个小时的山路。"为首的那个人说道。

　　此刻系密特终于知道，为首那个人是此行的向导，而他身后跟着的那些人，显然互相之间并不熟悉。

　　"之后的路程全都是水路吗？"又有一个人问道，他身上带着的行李最少，不过看他的样子，显然他是这群人里面最有钱的一个。

　　"大部分是水路，不过有时候也得下来走走，毕竟不是在维琴河里行船。"为首的人淡然地说道。

　　"水路得走多少时间，真的像你们许诺的那样，绝对不会

遇上魔族吗？"又有一个人问道。

"你们得做好准备，将会在一条船上度过整整一个星期的时间，我听一些人说，那才是旅行之中最难熬的路程，在船上可没有地方让你们四处走动。

"至于会不会遇上魔族，是谁对你们这样许诺的？你们最好去问那个人。

"我只负责带路，有一件事情可以告诉你们，之前的几批确实相当顺利，不过也并非没有遇到过魔族。

"曾经有一艘魔族飞船从大家的头顶上飞过，那一次我差一点吓傻了，不过幸好那艘魔族飞船并没有对我们发起攻击，而且其后的几天，也再没有魔族出现。

"我只能够说，但愿我们这一次也能够交上好运，你们可以平安无事地离开这里，到南方甚至坐船前往外国，而我可以顺顺利利地拿到我的报酬。"那个向导说道。

"你已经带了几批人过山口？"有人立刻问道。

"大概八九批吧，刚刚打完仗那阵子比较多一些，现在好像越来越少了。"向导回答道。

"这样算来，你已经发了一大笔财了，为什么还在干这一行？如果我有那么多钱，我早就逃到南方去了。"另一个人忍不住问道。

"这样告诉你吧，或许你可以说我贪婪，我还想赚更多的钱，要知道，我这一辈子还是第一次能够这样容易地赚钱。

"同样，你也可以说我恋旧，无论如何，我不想离开原来的地方，这里是我的家，我的老婆和孩子、我的亲属和我的朋友，全都在这里。

　　"我甚至还打算买几块地，也感觉一下做庄园主的滋味，那是我一直以来的梦想，现在好像可以实现了。"那个向导说道。

　　"一座被魔族占领的庄园，还会有什么意义？"有人立刻不以为然地说道。

　　"或许你属于那种相信北方领地能够守得下来的人，我钦佩像你这样的人。"另外一个人淡然地说道，从他的语调之中，完全可以听得出他口是心非。

　　"那倒未必如此，我只能够告诉你，在我看来，如果北方领地不安全，那么其他地方同样不安全。

　　"你们看见过那些魔族飞船，魔族根本就不需要一座城市一座城市地攻击下去，它们可以到达任何一个地方，攻击任何一座它们想要攻击的城市。

　　"北方领地毕竟已经两次承受住魔族的攻击，单单这就不是其他城市可以比拟的，所以如果要我选择，要嘛逃亡国外，要嘛仍旧待在这里。"那个向导说道。

　　"精辟的论调，你很精明，但愿你能够成功。"那个有钱人若有所失地说道。

　　"我现在最关心的是，将你们平安地带到目的地，而你们将剩余的报酬给我。"那个向导说道。

　　说话间，那潺潺的流水声已经变得很大，远处树林的一角，显露出一条蜿蜒的河流，这或许是维琴河的某一条支流，反正在系密特的记忆之中，并没有这条河的存在。

　　在北方领地，这样的小河非常众多，大多数地图上不曾标注出来，只有西格那样的人，才会知道这些河流的存在。

　　这条蜿蜒的小河，在不远处一个急拐，朝着东南方向奔行

而去，自然而然地留下了一片开阔的河滩。

此刻正是盛夏季节，是一年之中水量最丰富的时候，河水几乎淹没了整个河滩，只留下靠近树林的一小片土地。

在那潺潺流水声中，还搀杂着喧闹嘈杂的说话声。

系密特小心翼翼地掠到一棵大树后面，只见不远处的一片并不开阔的空地上，三五成群地聚集着一些人。

那些人大部分和自己一路跟随的这群人一样，带着厚重的行李，或者拿着棍棒和马灯。

只有两个人显得有些与众不同。

树林里面搭建着一座紧靠着大树的两层楼棚屋，棚屋里堆着十几个大酒桶。

说起这座棚屋，确实令系密特感到有些意外。

那只不过是一排木桩上面搁着一层木板，屋顶是用细树枝条，简简单单编织在一起建成的。

这座四面连墙壁都不曾拥有的棚屋，却和四周的树林显得异常和谐，就连系密特也对想出这个主意的人感到有些钦佩。

那个令他感到有些与众不同的人，正悠闲地坐在棚屋里面，背靠着酒桶打着瞌睡。

至于另外一个人，他的身份毫无疑问是负责站岗放哨的人，高高爬在树梢上的他，不但将身体隐藏在茂密的枝叶之中，身上甚至还披着厚厚的树叶。

看着那个模样诡异的哨兵，系密特猜想，自己变成树木的时候，或许也是同样一番模样。

他所跟随的那群人，笔直朝着棚屋走去。

"扎克，你这一次带的人，好像又比上次少了一些。"那个坐在棚屋里面的人，朝着这边打招呼。

"从北方领地逃出去，也是一件需要极大勇气的事情。"那个向导不以为然地说道。

他立刻转过头来，对自己带领的人说道："说好的五百金币就交给他，你们可以自己选择是否愿意交更多的钱，他会给你们一些不同的服务。"

"我的服务绝对物有所值。"那个坐在蓬屋里面的人站了起来，说道："当然和这次旅行之中的任何一种服务一样，价格或许会令有些人感到贵了那么一点。

"船可能会在晚上或者明天早晨到达这里，在此期间，你们可以选择住在我的旅店里面，也可以选择露宿。

"为了大家安全起见，路途上都是不能够随意生火的，因此各位可以选择在我这里用餐，或者享用自己携带的干粮。

"除此之外，住在我的旅店里面的客人，可以优先上船。"

看那个人的样子，颇像是一个惟利是图的商人，就连他说话的神态，也看上去非常像，一张微微有些肥胖的圆脸，堆满了标准的商人的微笑。

不过，他的眼角之中，时而流露出来的目光，却又令他有别于普通的客商，那是一个优秀剑手才会拥有的锐利目光。

看了这个人一眼，系密特多多少少对这里的一切有些了解，他猜想，这些人的身份或许和当初那个同迪鲁埃抢生意的佣兵头目有些相似，只不过这些人幸运地找到了一条更安全、也更容易获得金钱的门路。

看着不远处的树林，系密特开始思索起自己该怎么做来。

这里离开勃尔日并不太远，不过眼前这群人，只是希望从

北方领地逃出去，并没有触犯任何法律。

至于那些向导和旅店老板，他们只是从中获利而已，也丝毫没有触犯法律。

虽然他确信，为了保护自己的利益，这里的向导和旅店老板，一旦发现有人跟踪和窥探他们的秘密，为了保证自己的财路不被断绝，他们绝对会毫不犹豫地选择杀人。

不过，不想惹是生非的系密特，也不打算和这些只是想捞取一些好处的可怜虫作对。

或许自己应该继续前进，前往括拿角去看望玲娣和沙拉，不过好奇心又驱使着他往前一探究竟。

谁都不知道，这条河流通往何方，也不知道那个所谓的山口到底在何处。

或许有朝一日，这条道路将成为从北方领地逃离的惟一活路。

当初他奇迹般地翻越奇斯拉特山脉的时候，那条冰冷的、到处漂浮着尖利冰渣子的维琴河上游支流，对于系密特来说，是最有价值的安全保障。

系密特也想到，或许有朝一日，这条隐蔽的没有太多人知道的河流，也会成为最宝贵的财富。

他或许可以不在意其他人，不过万一北方领地真的彻底沦陷，温波特伯爵还有他的那位天性乐观的教父，总会令他有所挂怀。

系密特不知道，自己是否会像当初冒着生命危险翻越奇斯拉特山脉，拯救母亲和家人那样，再一次来到这片土地，来帮助这些人。

或许会，不过他并不敢做出这样的保证。

找到这条河流的源头，并且将它当做是一个在危急时刻可以派上用场的秘密，告诉温波特伯爵。

系密特相信，当知道魔族的眼睛无法看到河里面东西的温波特伯爵和教父，毫无疑问会明白这个消息的价值。

刚刚打定主意要跟随在这群人身后的系密特突然间想起，那条河流并不会凭空消失，它永远会在那里。

或许根本就不用在后面跟随这支行动缓慢的队伍，顺着河流十有八九能够找寻到这些人所说的山口。

这样一来，既不会浪费时间，也能够达成他的心愿。

想到这里，系密特飞身朝着两旁的树林掠去。

对于一个除了茫茫无际的大海、没有地方不能够通行的力武士来说，想要紧贴着一条河前行，实在是再容易不过的事情。

那壁立的岩石，或许对于普通人来说只有两种选择，要嘛从远处绕路而行，要嘛从水面上过去，除此之外别无其他办法。

但是对于系密特来说，那些光滑的岩壁，那刀片般尖锐锋利的山石，都是足以让他通行的大道。

对于系密特来说，在树林、山岭之间飞纵跳跃，丝毫不比在一马平川的通郡大道上驾马飞驰得慢。

突然，远处一道河湾，逆流驶来一艘船，那是山里经常能够看到的平底小船。

平坦的底部，不仅令它们吃水很浅，而且在那些没有水无法通行的地方，还可以通过架设滚木的方式，令它们继续前进。

如果说那些行驶在江河、能够漂洋过海的船只，是箱式马车的话，那么这些平底小船，便是在陡峭险峻的群山之中同样

能够行驶的轻便旅行马车。

事实上，系密特曾经在他的教父比利马士伯爵那里，见到过一艘异想天开的船只。

那正是一艘带有两个大轮子的平底小船，一艘在教父的计划中，能够前往任何地方的船只。

令小船得以逆流而上的原因，是四个手持细长木篙的船工，正轮流撑着船前进。

看到此情此景，系密特越发有把握，前方毫无疑问正是那些逃亡者逃离北方领地的山口。

在一座座山峰间飞掠而过，系密特已放弃贴近地面搜索，他越来越感受到飞鸟所拥有的自由和开阔的眼界。

站立在山峰之上，远处河流的走势，清清楚楚地显露在他的眼前。

不用徘徊于河湾和狭窄的夹壁间，也不用和那密布于河面上的蚊蝇进行无谓的搏斗。

突然间，远处的山坳之中，那蜿蜒曲折的河面之上，显露出另一条船的踪迹。

他将那来自于魔族的超绝视力发挥到极致，系密特凝视着那条小船。

此刻，他终于有些明白，刚才那个旅店老板，为什么会说在他的服务之中，还包括优先上船。

那些人的重量，对于这样一条平底小船来说，并不是太大的负担，毕竟平底船的载重能力出了名的强。

不过船上的空间有限，要塞下那么多人，确实是一件极大的难题。

想必那所谓的服务，就是正中央的两排坐位。想到得这样拥挤在一起整整坐上一个星期，令系密特感到毛骨悚然。这样的痛苦甚至令他感觉到那可怕的电击，也并非是最难熬的事情。

不过，和坐在两侧的那些人比起来，能够得到中间位置的人，实在是幸运无比。

那半蹲半跪的模样，让系密特怀疑船上的那些人到底是耐力惊人，还是彻底麻痹？

系密特只能够用惨不忍睹来形容眼前这群逃亡者。不过，一想到当初那些跟随在自己的车队旁边，拼命奔跑的逃亡者们，一时之间，系密特又不知道应该说到底是谁更加可怜了。

将这些不可能得到答案的疑问全都甩在脑后，系密特继续往前赶路。他可绝对不想花费一个星期的时间在这条崎岖而又隐蔽的河流之中。

此刻他所想的，是远方的玲娣姑姑和沙拉小姐。

从自己这里得到那个糟糕透顶的消息的温波特伯爵，肯定会将这个消息转告文思顿，姑夫即便再怕老婆，也总会想些办法，让玲娣姑姑和沙拉小姐前往更为安全的地方。

系密特猜想，或许文思顿同样会采用欺骗的手法。

虽然，这个家伙总是口口声声说欺骗是最不好的行为，不过，这个家伙毫无疑问也非常清楚，对于玲娣姑姑来说，欺骗永远比劝服更能够起到作用。

系密特感到犹豫的是，不知道玲娣姑姑和沙拉小姐她们两个女人的智能加在一起，是否会超过文思顿的那点小聪明。

这是他最担心的一件事情，因为在他看来，文思顿并不擅长撒谎和欺骗。

8　作　曲　家

阳光从远处的山峰间投射进来，为这道山坳带来了一丝光明。

没有人会想到，在这样一座隐蔽不为人知的山坳之中，竟然有一座城镇。

这是一座建造在树木和岩壁之间的小镇。

从空中绝对不会看到小镇之中的景象，因为这里茂密的树冠，几乎全部连接在一起。

在树冠底下，还有用枝条编成的巨大屋顶，几乎将整座山谷都完全笼罩了起来。

这样做的最大好处，除了将所有的秘密全都笼罩在了厚厚的树阴底下，而且再也不用担心风吹雨打。

山谷里面的天气有些变化无常，刚刚还阳光明媚，突然间天空中下起暴雨来，豆大的雨点击打得河面啪啪直响，猛涨的河水，将两旁的河滩全部淹没。

被这突如其来的暴雨淋得差一点儿成了落汤鸡的系密特，看着那些得以在巨大的绿色屋顶下藏身的人们，他实在是羡慕极了。

此刻，他只能够躲在山崖旁边，一块突兀的岩石底下，一个极为狭小的凹洞里面。

小心翼翼地将那几块用兽皮包裹的金属块取出来，系密特猛地从背后抽出了他的弯刀，闪电般地反手朝着山岩劈出两刀。

刀尖一挑，一块岩石被挖了下来，系密特将那些金属块迅速塞了进去。

这是他毕生难忘的教训，就是在昨天，一场同样突如其来的暴雨，令他意识到让这些兽皮湿透，将会是多么可怕的灾难之始。

系密特甚至已经忘记，自己是怎么幸运地存活下来的了，惟一可以肯定的便是：他的灵魂曾经从肉体之中飞出去。

这样的感觉，对于他来说并非是第一次。

当初在那座祭坛上，他不得不在众目睽睽之下，和伦涅丝小姐进行那场仪式的时候，就曾经发生过精神飞离肉体的现象。

不过，这一次和上一次的感觉完全两样。

上一次，他的意识仿佛不受控制的被某个意志牵引着，现在想来，那个意志毫无疑问，是来自于魔族之中那神秘得令人感到不可思议的创造者。

系密特根本无从得知，到底是什么造成了这一切，是因为那个当做祭品被献祭的魔族眼睛，临死前释放自己的能量所造成？

还是因为那个地方原本就是神圣的祭坛，是那个获得献祭的可怕神灵，引领自己前往那里？

系密特知道，如果想要知道其中的答案，最好的办法，无疑是请教波索鲁大魔法师，但是这件事情，偏偏不能够让任何一个人知道。

而这一次的意识脱离肉体，显然和上一次并不一样，不过令系密特感到奇怪的是，脱离了肉体的意识，仿佛还能够思考。

至少系密特还记得自己的意识，曾经试图令沾湿的金属块掉落出来，不过没有肉体的帮助，这显然是难以做到的事情。

对于这次能够活下来，系密特确实有些意外，他始终弄不清楚，那块金属里面储存的闪电的能量，为什么会这样迅速地消耗干净？

难道是因为这些金属块存储的闪电能量，原本就只有这么多？还是因为雨水将大部分能量全都引入了地下？

不过，系密特丝毫没有意愿再一次进行尝试，那一次的经历，已令他终身难忘。

小心翼翼地将金属块藏好，系密特探出头去，朝着远处眺望。

远处是两道蜿蜒相交的大山，如果说眼前这道山脉是大地的一道显眼的褶皱的话，那么前面那两座山峰在系密特看来，无疑便是褶皱上面的褶皱。

这道天然的褶皱，令高耸难以逾越的山脉，显露出一条蜿蜒狭长可以通行的缺口，惟一的障碍，或许就只有前方那座并不算太高的山岭而已。

看到此情此景，系密特不得不由衷感叹造物的神奇。

那道皱褶，那蜿蜒曲折的河流，这两件东西组合在一起，令北方领地拥有了一条隐秘的信道。

此刻，惟一令系密特感到疑惑不解的，便是底下那座小镇里面，显然聚集着许多人，这些人之中，大部分都带着沉重的行李。在系密特想来，这些人应该早已经迫不及待地翻越那道山口，为什么还要滞留在这里？

难道是在等待向导的到来？

系密特搜寻了片刻，便在人群之中，找到了几个看上去像是向导的人物。

突然间，系密特注意到，一群人正聚拢在一起，仿佛在商议着什么。

他将注意力集中在耳朵上面，虽然从那个垂死魔族那里获得的能力之中，耳朵远远比不上眼睛那样敏锐，不过也足以让他听到几百米之外的声音。

"我想知道我们还要被困在这里多久？"

"不用担心，我们花费不少代价请来的佣兵现在就在半路上，明天他们就会来到这里。"

"谁保证得了那些佣兵能够将我们安全地带出去？当初好几支兵团都全军覆没在奇斯拉特山脉之中，那些军团还拥有圣堂武士的保护。"

"前面并不存在一支魔族兵团，充其量也就只有两三只魔族，我们请来的佣兵，足以将它们彻底解决。"

"两三个魔族？我们已经知道有两支队伍全都死在了山里，我们或许将是下一批牺牲品！"

"那么阁下有什么好的建议？我已经说过了，任何人只要愿意，就可以坐着船回去，我们不会另行收取任何费用，甚至还可以免费提供干粮。"

"但是我们已经交给你们的那笔钱呢？"

"如果你们想要回去的话，是你们自愿放弃这场交易，我们没有义务退还订金，我们的保证，是将你们送出去，而此刻我们仍旧在努力完成这笔交易。"

"那些死去的人，你们又如何解释？是你们说这条路非常安全，我们才会给你们这样巨大的报酬。

"现在，有不少轻信你们的人死了，我相信还会有更多的人死去！"

"没有任何人承诺过什么，我们只是告诉别人，我们有办法让人逃出去，这原本就是一场冒险，用性命赌性命。

"我们已经尽了力，我们花费了巨额代价，邀请了许多最优秀的佣兵前来。"

"谁能够保证，你们请来的佣兵确实有本事？又有谁能够保证，他们能够猎杀隐藏在山里的魔族？"

"没有人能够保证。不过，我可以告诉你，对于山里的那几个魔族，我们要远比你更加关切得多。

"你随时可以放弃，并且乘船离开，但是有那几个魔族存在，就意味着这条逃亡路线将被彻底毁掉，这是我们的财富，我们绝对不会甘心。"

"但愿你所说的那些佣兵，真的是有点本事的，或许他们自己，都已成了魔族的猎物。"

"这位先生所想的问题，我们同样考虑过，正因为如此，我们才让那些佣兵通过山口进来。

"他们如果能够顺利到达这里，多多少少能够证明他们真的有些本事，更何况我们邀请的，并不是特定的某一支佣兵团，我们发出了悬赏，高额的悬赏，引来了不少非常有自信的佣兵

团。"

　　下面那座隐秘的小镇里面发生的争论，令系密特多多少少知道了一些情况。

　　虽然不敢肯定，那出没其间的魔族，是溃败的魔族的逃兵，还是那些新出现的基地之中的成员。

　　不过按照地理位置来看，系密特更希望是前者。

　　突然间，他看到自己胸口显露出一阵白光。

　　微微愣了一下之后，系密特终于意识到，那是波索鲁大师交给他的那枚水晶球所放射出来的光芒。

　　系密特背转身体，小心翼翼地从怀里将水晶球掏了出来。

　　波索鲁大魔法师那瘦削的脸庞，出现在水晶球之中。

　　"系密特，告诉你一个坏消息，你或许不得不改变一下你的行程。

　　"奇斯拉特山脉外围的几个郡省，突然间几乎在同时发现了魔族的踪迹，这引起了极大的恐慌。

　　"虽然我们向外面宣布，那些魔族是战败溃逃的魔族逃兵，不过我本人非常担心，或许这是某种不祥之兆。

　　"国王陛下已询问过你的行踪，我告诉他，你我都已听说了这件事情，你正在前往南方的路上。

　　"我相信，此刻你应该已在山脉外围的附近，你离开的时候，没有带走你的马车，想必是打算翻越山脉，走最近的那条路。

　　"如果你愿意的话，把水晶球放在地上，这样我就能够确切地知道你的位置。"

　　系密特顺从地按照波索鲁大魔法师的意思去做，他小心翼翼地将水晶球碰了碰旁边的山岩，虽然不知道这算不算符合要求，不过脚下那片微微向外倾斜的斜坡，显然会令水晶球掉落下去。

"非常有趣，看来我不用替自己撒谎而感到遗憾，你现在显然就在其中的一个地方附近，我已经等不及看到你带来的答案了。

"好好地去做吧。我正在设法解决闪电能量的难题，我有一个办法，等到你成功归来的时候，或许已经成功。"

波索鲁大魔法师再一次抛出了香甜的诱饵。

水晶球之中的白色光芒，渐渐黯淡下去，最终又恢复到原本清澈透明的模样。将水晶球重新揣回兜里，系密特看了一眼脚下的那个隐秘的小镇。

转过头来眺望了一眼远处那两座山峰，系密特静静地等待着暴雨的停歇。

从这座山峰飞掠到另外一座山峰，系密特将几十里的山路，反反复复地搜寻了好几遍。

这里根本就找不到任何一个魔族的踪影，只有一支防守严密的佣兵小队，正乘着夜色翻越山口。

自从北方领地出现魔族以来，普通人想要在没有圣堂武士的保护下，穿过魔族出没的地方，总是会选择夜晚。

越是伸手不见五指的黑夜，越是显得安全，这早已经成了所有人的共识。

在四周转了一圈，仍旧一无所获的系密特，甚至有些怀疑，或许所有这一切都只不过是一场巧合，或许那几个魔族，确实

是战役之中溃败的逃兵，它们恰好和那些可怜的逃亡者相遇。

　　或许，此刻那些逃兵已经隐入群山的深处，对于魔族已经有所了解的他，知道不曾拥有自我意识的魔族，确实丝毫不在意死亡，但是魔族一旦拥有了自我意识，它们同样会感到恐惧和害怕。

　　不过，波索鲁大魔法师传递给自己的消息是，魔族的踪影同时出现在好几个不同的地方。

　　难道同样是巧合？抑或是同一队魔族，被不同地方的人看到？

　　系密特开始有些后悔，自己未曾向波索鲁大魔法师打听清楚。

　　远处的一点灯光令系密特想到，和波索鲁大魔法师比起来，他离发现魔族踪迹的地方要近得多。

　　此刻，波索鲁大魔法师或许正期待着他揭开谜底，自己反倒本末倒置，想要询问他这个远在几百公里之外的人。

　　想到这里，系密特朝着远处那点灯光飞掠而去。

　　无论魔族是否在附近显露踪迹，夜晚的城门，永远紧紧关闭。

　　幸好这只是一座并不是非常有名的小城。

　　虽然从规模看起来，这里也算是颇为繁华，或许比不上勃尔日，不过在北方领地，能够和这座城市一较高下的地方，并不是很多。

　　整座城市建造在一道低缓的山坡之上，被高耸的城墙围拢起来，只是方圆数十亩的一块小地方。

　　看那栉比鳞次的楼宇和那些精锐异样的屋顶，系密特相信，城墙后面的城区，肯定是贵族聚居区和市政厅、教会之类的地方。

在如此拥挤的地方，建造这么多漂亮的建筑物，自然会多费一番心思，正因为如此，在系密特看来，这座城市或许比不上勃尔日，更比不上京城拜尔克。但是说到精致秀丽，即便那两座名城，也未必能够比得上这里。

居住在这样一座城市里面的人，自然而然养成了精致和细巧的习惯，这从街道的规划和城墙外那些建筑物的排列便完全看得出来。

系密特相信，这座城市肯定拥有比勃尔日城更漫长的历史，因为从靠近河边的那些建筑物之中，隐隐约约可以看到各种年代曾经盛行过的风格。

勃尔日城里虽然也拥有同样的建筑物，不过那并不表示勃尔日的历史悠久，而只不过是建造者个人喜好的表现。

但是在这里，每一个时代的建筑物都连成一片，那些老的建筑物，被小心翼翼地包裹在中间，这些不同时代的建筑物，组成了一座座天然的广场，而这些广场和广场之间，则是布满商铺的繁华街道。

和勃尔日不同的是，这座城市的建造者显然并不希望将所有的繁荣和喧闹堆垒，以至于拥挤在一起。

那星星点点铺散的灯光足以证明，这座城市的财富，比其他任何地方都显得均匀。

外面这一圈城区原本显然并不设防，但是此刻，系密特看到了一圈围篱。很难想像，这些一人多高、用木板搭建起来的东西，能够阻挡住魔族的进攻。

　　系密特猜想，就算是一群狂怒的公牛，也足以将这里踏成平地。

　　几点游移的灯光，是骑兵正在巡逻，不过系密特仍旧在街道上看见来来往往行走的人群。

　　系密特突然间感到，这座城市的居民，好像太安然和悠闲了一些。

　　虽然一听到有魔族出现，便歇斯底里地惊叫着准备逃亡，但这并不是他所想像的真正应该有的反应。不过如此安静、显得一点都不慌乱，只是竖立起一道篱笆，也令他感到不可思议。

　　篱笆口虽然有一队士兵驻扎在那里，不过当系密特走过的时候，他发现那些士兵显然根本就不太注意他。

　　只是有一个老兵打了个哈欠，说道："快点回家，小家伙，外边不安全，你会成为魔族的点心的。"

　　这座异常松弛的城市，令系密特感到疑惑，他朝着城里走去。

　　系密特丝毫没有意思去叩开那紧闭的城门，他既不想去拜访这里的市政官员，也无意打扰驻守在这里的卫队。

　　随意找了一条靠近的街道，此刻仍旧灯火辉煌的大多是酒吧，系密特看了一眼两边的招牌。

　　他可不想进入一家异常拥挤、而且空气中充满了汗臭味和呕吐味的酒吧。

　　一块夜玫瑰的招牌吸引了他的注意，虽然系密特也想到，这样的酒吧里面，或许隐藏着一些对于他这样年龄的小孩来说并不适合的东西。

　　尽管如此，系密特仍旧选择了这家酒吧，因为和街头的另外两座酒吧比起来，这里显得高雅和安静许多。

　　站在那精致的金丝镶边的玻璃门前，系密特听到里面传来一阵悠扬的音乐声，令他微微感到有些惊讶的是，那又是他所熟悉的乐曲。

　　那轻松和谐像是乡村乐曲，又充满着一种高雅的风格，从来就只可能出自一个人之手。

　　系密特轻轻地推开房门，正对着门口站立着的那个酒保脸上微微有些讶异的神情，这证明了他刚才的猜测，这里不是一个小孩子应该来的地方。

　　转过头，看了两眼旁边的角落里，那扭动的身体和那许多粗重的有些紊乱的呼吸声，系密特发现他进来之后，这些声音突然间小了许多。

　　系密特无意于打扰那些先生们的好事，同样他也知道应该如何应付这样的场面，更非常清楚此刻他最需要的是什么。

　　这种以提供特殊服务为主的酒吧，虽然价格稍稍昂贵一些，不过在这里，十有八九能够享用到一顿令人满意的美餐。

　　虽然系密特并不太在意食物的美味，不过他的不太在意，只是相对于那些挑剔之极的贵族而已。

　　他不会在蓝纹鲽是否在离开水面三个小时之内被加工完成，并端上餐桌这样的事情上斤斤计较，也不会因为盘子里的牛排并非来自三岁以下的小牛而感到不满。

　　但是，他毕竟不是那些什么东西都能够吃得下去的普通平民。

　　装作精疲力竭的模样，他走到那个酒保面前，手指一弹，一枚金币划出一道完美的弧线，落在了酒保面前的柜台上。

新的危机

那枚金币仍旧在滴溜溜地不停转着，这一手系密特曾经练习了很久，但是直到他成为力武士之后，才能够做到。

系密特非常清楚，可以这样做的，都是久闯江湖的老手。

看到这一幕，那个酒保微微一愣，紧接着脸色就变得正常起来。

"有好吃的吗？"

系密特尽可能地令自己表现得粗鲁一些，他知道到这里来的人，绝对不会文绉绉地说把菜单拿来。

"你喜欢鱼还是肉？这里的鳕鱼排和豆豉鲑鱼都非常有名。至于肉食，不少人很喜欢这里的鸡柳，用奶油炸的，除此之外，这里的牛排也不错。"

那个酒保连忙说道，显然他并没有注意到，眼前的小孩是个贵族。

此刻，系密特的模样，实在和他的贵族血统相去甚远，这也令系密特相当满意，他并不希望引起别人的注意，特别是注意他的身份。

"那好吧，就按照你所说的，那两种鱼我都想尝尝，我不是很喜欢鸡肉，不过牛排倒是不错。"

转过头来，朝着远处看了一眼，系密特继续说道："腊肠看上去相当不错。除此之外，再来一锅厚厚的浓汤，汤的主料可以是蛤蜊，也可以是小牛腰子。至于蔬菜，我喜欢莴苣和生菜。甜品你看着办。"

系密特一口气点了一大堆东西，这下子，不单那个酒保，连旁边的人也呆愣愣地看着他。

"这些是你为自己一个人点的？"那个酒保歪着头问道。

"你根本想像不到我已经饿了多久。"系密特看了酒保一眼，"你不会以为我付不起钱吧？"

那个酒保稍微思索了一下，转过头去，对身边的一个伙计吩咐了两句。

"你还有什么其他需要吗？"酒保继续问道。

"这里有旅店吗？我只需要一个干净一些的单人房间，旅店里面最好有浴室，如果房间里面有浴室，那就更加好了。"系密特说道。

"你真是一位挑剔的少爷，看样子你家很有钱，但是像你这样的少爷，不应该自己一个人出来啊。"那个酒保讪笑着说道。

"我看上去像是有钱人家的小少爷吗？我靠自己的本事挣钱。"系密特故意装成老江湖的腔调说道。

"这或许是我今天所听到最有趣的话。"那个酒保笑着说道，"你靠什么样的本事赚钱？"

"靠演唱。我还是个相当受欢迎的作曲家。"

系密特自豪地说道。他并没有撒谎，在奥尔麦森林，他确实因为这样而成为那里最受欢迎的宠儿。

不过，系密特多多少少也有些自知之明，他非常清楚，自己虽然拥有绝佳的音乐天赋，不过始终未曾接受过这方面训练的他，毕竟无法和真正的作曲家相提并论。

"有意思，小家伙，你有没有兴趣让我们欣赏一下你的表演，或许这里的每一个人，都会愿意聆听你创作的乐曲。"

旁边坐位上，一个打扮时髦的公子哥突然间说道。

"有没有报酬？"系密特不以为然地问道。

"如果你的演奏令人满意，你所点的那些东西由我付账。

不过，有一件事情必须事先声明，我希望听到的是你创作的乐曲。"那个公子哥笑着说道。

"你能够分辨我所演奏的，是否是新的作品吗？"系密特问道。

突然间，一阵哄笑声从四面八方响起。

"小家伙，我原本以为你知道这里，才故意说自己是作曲家，现在看来，你对于这座城市简直一无所知。

"我们这座城市虽然未必有名，不过却有着小缪兹克之称。虽然无法和真正的'音乐之城'缪兹克相比，这里也从来没有出现过真正的音乐家，不过居住在这里的居民，对于音乐的喜好和鉴赏能力，绝对不次于缪兹克城。

"虽然不敢说对于任何一首乐曲都有所了解，不过那些美妙的受人欢迎的乐曲，肯定会为这里的某位先生所知。"

那个酒保说道，他的语调之中，带着一丝自豪。

看着众人那略带嘲弄的神情，系密特微微有些赌气，他原本只是替自己找个临时的身份，但是此刻他却希望向这些人证明他所拥有的音乐天赋。

系密特从椅子上跳了下来，朝着一旁的表演台走去。表演台只是三个台阶高的一个小平台，五六个乐师演奏着不同的乐器。

系密特将那个竖琴师赶到了一边，他自己坐在了那张椅子上面。

习惯性地拨了拨琴弦，系密特的脑子里面，搜索着他所知道的乐曲。

他的父亲留下了不少未曾公开过的乐章，其中一些是父亲看来并不满意的作品，还有一些则是未曾完成的作品。

不过还有一部分，却是父亲为母亲专门精心创作而成，那是父亲呕心沥血之作。

系密特在脑子里回想着最令他印象深刻的那几首乐曲，他的手指不经意地轻轻在竖琴的琴弦上弹奏起来。

他的演奏有些生涩。自从被玲娣姑姑带离了家之后，系密特很少有机会再接触琴弦，技艺上的生疏在所难免。

酒吧里面的人，一开始确实因为那微微有些生涩的演奏而露出淡淡的讪笑，但是紧接着，每一个人的脸上都出现了呆愣的神情。

几乎每一个人都确信，自己绝对没有听到过这首乐曲，他们甚至用眼神互相询问着。

答案是显而易见的。

如果这是一首粗疏、丝毫没有水准的乐曲，或许还能够说得过去，但是此刻，从众人眼神之中流露出来的赞赏的目光，显然他们已经被那优美的旋律，以及隐藏在旋律之中的那种激情所感染。

一连串嘈杂的、蹬踩楼梯板的声音响起，这些杂音，立刻引起了正在欣赏那美妙乐曲的人们的不满。

而那些急匆匆赶来的人们，显然根本就没有注意到旁人的反应，他们同样是被这美妙的乐曲吸引来的。

原本显得极为宽敞的大厅，此刻变得拥挤了起来，已没有人还坐在原来的位置上面，所有人都围拢着表演台，静静地站在那里。

新的危机

当最后一个音符消逝在空气之中，整座大厅突然间变得无比寂静，没有人说话，甚至没有人发出一丝声息。

突然间"啊"的一声轻叹，将众人从迷幻之中惊醒。

"有人曾经听过这首曲子吗？拉高尔先生您听过吗？夏布特先生您呢？"首先回过味来的酒保，连忙问道。

无论是他所点到名字的人，还是旁边站立着的众人，全都纷纷摇着头。

"如果说这首曲子曾经流传过，那么我只能够承认自己孤陋寡闻，我相信这里的每一个人都能够品味得出这首曲子的风格，和'自由的风'所创作的那些作品的风格，非常相似。

"我自认对'自由的风'的所有作品都非常熟悉，却从来没有听到过这一首，而且这首乐曲之美妙和高雅，即便在'自由的风'的所有创作作品之中，也绝对能够占据相当的地位。

"这真是太美妙了，我为能够成为第一批听到如此美妙乐曲的人而感到无比的荣幸。

"尊敬的小创作家，我无从得知您是如何演奏出如此美妙的乐章，我惟一的请求是，请您将乐谱抄录一份，您可以提出您所希望的报酬。"

说这番话的，是一位身材瘦长、脸色欠佳的中年绅士，从他那布满倦容的脸，可以看得出来，对于欢乐的追求，几乎榨干了他的健康。

不过从周围人对于他的态度，系密特能够猜到，这位绅士或许是这里最有影响、地位也最高的一个人。

"不用什么报酬，正是刚才的音乐吸引我进入这里，我对'自由的风'始终推崇备至，一直都在模仿着他的风格创作乐

179

曲。

"如果这首乐曲能够被各位所演奏，这将是我最大的荣幸。"

系密特故作姿态地说道。

"泰克，这位小兄弟的账单，算在我的头上。"

刚才那个公子哥，突然间提高嗓门，说道："我认输了，这确实是我从来不曾听到过的乐曲，而且真的相当美妙！"

那个酒保点了点头，他转过头来，对着系密特说道："我现在确信，你真的可以依靠表演来谋生，我相信你在不久的将来，一定能成为第二个'自由的风'，甚至还有可能超越他。"

取过一张乐谱书写纸，系密特将那首乐曲抄录在纸上。

那份精心烹调的晚餐已端了上来，此刻系密特清清楚楚地感觉到，旁人的态度已和刚才截然不同。

"听说，最近这附近出现了魔族的踪影。"系密特试探着问道。

"是的，确实听说了，这件事情，弄得这里的居民有些紧张起来。"酒保轻描淡写地说道。

系密特惊讶地看着酒保，他实在看不出，这里有人感到紧张的样子。

"在我看来，你们要远比我曾经到过的其他地方平静许多。"系密特说道。

"也许是这样，不过和以往比起来，现在已经可以说得上糟糕透顶，城里到处是从其他地方来的外来人。

"当然，像你这样有才华的音乐演奏者，我们绝对欢迎。

只可惜，大部分来到这里的人，和你完全两样，大部分人是佣兵，还有一部分，是不知道从哪里来的难民。

"无论是这些外来人还是魔族，都不会令我们喜欢，他们打扰了我们的生活，我们喜欢自己原本的生活。"

那个酒保悠然地说道。

系密特转过头，看了一眼其他人，他能够理解这番话，因为他从周围这群人的身上，隐隐约约看到了当初在奥尔麦森林里面的那些邻居们的身影。

或许从某种意义上来说，这座城市的居民，和奥尔麦森林别墅里面的那些猎手们，是同一种人，他们全都拥有着自己喜欢的生活。

"难道你们不担心会受到魔族的攻击？"系密特问道。

"如果魔族真的进攻，我们会躲到城里去，这里的领主是个不错的人，而我们的城墙围拢的范围很小，因此容易防守。

"从北方领地逃出来的那些外来人，多多少少给我们带来了一些有用的消息，听说在北方领地，很多小镇的居民和那些魔族完全相安无事。

"只要不对那些魔族发起攻击，那些魔族也不会展开杀戮，而这对于我们这里的人来说最合适。

"真正令人感到担忧的，反倒是那些佣兵，或许应该请领主发布公告，限制这些佣兵在城里随意行动。"那个酒保说道。

"据我所知，很快就会发布这样的法令了。"旁边的一个看上去像是在市政厅工作的公务员插嘴说道。

"领主？"

系密特显然有些意外，他确实没有想到，这座城市居然是

私人领地。

"不错，这座城市完全属于史维特侯爵所拥有。"那个公务员说道。

"噢，整整一座城市。"系密特悚然动容地。

"这座城市是史维特家族建造起来的，三个世纪以前，这里仍旧是一个小城堡。"酒保说道。

"我相信，这里的领主法令，肯定相当吸引人，这里的税收想必非常轻。"系密特点了点头说道。

"税倒未必比别的地方少，国王陛下的税那是免不了的，侯爵收的是产业税和遗产税，没有什么产业的人，倒是比较走运。"酒保说道。

"怪不得，这里的店铺，看上去一副得过且过的样子，没什么花哨的招牌，更看不到招揽生意的海报。"系密特点头说道。

"那倒并非因为这个原因，或许是住在这里的人，都只在意能够平平安安地过自己喜欢的生活吧！

"热爱财富、希望拥有更加美好发展的人，绝对不会在这里找到他们渴望的东西。正因为如此，留在这里的人，都愿意接受这种悠闲的生活。"酒保说道。

"我在哪里能够打听到和魔族有关的事情？"系密特问道。

"为什么，只是为了好奇？"旁边的一个中年人问道。

"不，事实上我之所以来到这里，部分原因是为了那些魔族，我的亲戚在那群逃亡者之中，他们告诉我，我的家人还没有逃出来，此刻被那些魔族堵在了半路上。"系密特说道。

"噢，非常不幸，对于你的不幸，我表示遗憾。"那个中年人说道。

新的危机

　　"如果你想要知道有关魔族的事情，有一个人或许能够帮得上你的忙，他是个佣兵，不过在那些粗鲁佣兵里面，算是一个不错的家伙。"

　　酒保说着，转过头去对旁边的伙计说道："问问米蒂，斯帕克是否告诉过她，在哪里可以找到他。"

　　那个伙计飞快地朝着楼上跑去，过了好一会儿之后，他又跑了回来说道："米蒂说他们或许住在弄臣旅店。"

　　听到这个名字，酒吧里面的所有人，都显露出不以为然的神情。

　　"你去把斯帕克叫到这里来，那里可不是交谈的好地方。"酒保说道。

　　对于酒保如此帮忙，系密特只能够用点头表示感谢。

　　"我现在发现，你的胃口真是非常惊人。"

　　酒保呆愣愣地看着系密特的桌子说道。

　　此刻，几乎所有的人都注意到，系密特差不多已将所有的食物都扫光了。

　　"我觉得这些菜的味道相当不错，是否能够再给我同样来上一份，这一次我自己付钱。"系密特说道。

　　几天来忍饥挨饿，再加上长途跋涉，此刻他只感到，自己可以吞下一整头牛。

　　瞪大了眼睛看着系密特，过了好一会儿，那个酒保才点了点头，说道："没问题，你绝对是我所见到过最奇怪的一个小孩，就看着这的份上，这一顿我请客。"

　　"谢谢，那么在等待的时候，我就再演奏一首曲子，作为回报。"

系密特渐渐地融入了此刻这个新的身份，现在他越来越觉得，这样的生活确实蛮有趣味的。

凭借着自己的能力，得到别人的赏识甚至崇拜，这种感觉要远比混迹于交际圈里面，在闲聊和吹捧之中度过有趣得多。

系密特不知道，自己的父亲是否正是因为这个原因，而整天以一个吟游诗人的面貌到处流浪。

说实在的，有些厌倦了宫廷之中勾心斗角的系密特，真的希望能够像他的父亲那样自由自在地到处旅行。

一曲结束，酒吧的门再一次打开，在那个伙计的身后，跟随着一个打扮得如同花花公子一般的人物。

匆匆一眼，系密特甚至以为那个人拥有贵族身份，那时髦的衬衫上面，别着红色丝绸做成的玫瑰花，衬衫袖口的花边高高地堆垒着。

那个人带着一顶击剑师礼帽，翻卷的船形软帽檐上，镶嵌着蓬松的鸵鸟羽毛，两撇精致的胡须，也令他看上去像是一个贵族子弟。

"是你找我？"

那个人看了系密特一眼，径自在旁边的椅子上坐了下来。

"听说从你这里可以打听到有关魔族的事情。"系密特说道。

"我无法理解，为什么你会对这件事情感兴趣。"那个人不以为然地说道。

"我的家人被困在了山口的那边，我相信你懂得我的意思。"系密特说道。

"如果是这样的话，那么你可以放心，在这座城里有六七支队伍，全都是冲着这件事情而来，有一批人已经进去，如果顺利的话，或许后天，你的家人将和你团聚。"那个人轻轻捻了捻胡须说道。

"既然已经有人进去了，那为什么你们还留在这里？据我所知，山口那边的人给予的报酬非常丰厚，不过，他们想必不会给什么事情都没有做的人以任何报酬。"系密特冷冷地说道。

"你好像知道许多事情。好吧，实话实说，在这里的人分成两种意见，那些已经进去的人相信，那些魔族并不难以对付，顶多是两三个聚拢在一起的魔族士兵。

"不过，另外一些人，包括我们，并不这样认为，因为有消息说，数百里之外的另一个地方，同样发现了魔族的踪迹。

"或许这是一支魔族的小队，或许更加糟糕，恐怕魔族即将会发起全面性的进攻，正因为如此，我们打算看看风头，毕竟和那笔报酬比起来，我们的性命更加重要。"那个人说道。

"听说里面已经死人了。"

系密特再一次问道，想必有存活者逃了出来。

"小家伙，你知道的实在太多了一些，确实有人死了，整整两支队伍，总共十五个人，逃出来三个人，其中的一个是向导。

"从他们的口中得知，他们遭到了魔族的攻击，魔族好像从天而降，事先根本就没有任何征兆，便出现在他们中间。"那个人说道。

"侥幸逃脱的那三个人，是否告诉你们，是哪种魔族令他们的那支小队几乎全军覆没？"系密特问道。

"没有，或许是因为惊吓过度，那三个人全都说自己什么都没有看见，他们甚至没有看到同伴是怎么丧命的，只听到旁边的人发出一阵惨叫，紧接着便一头栽倒在地。"那个人淡然地说道。

听到这样一说，系密特微微一愣。

这种近乎偷袭的战术，在魔族之中是那些飞行恶鬼的拿手好戏。

但是，飞行恶鬼什么时候变得这么厉害起来？

飞行恶鬼用来令人致命的虫豸，在系密特的记忆中，是力武士最害怕的梦魇，但是对于人数众多的兵团，却最软弱。

一下子令十几个人死于非命，这至少需要有五六只飞行恶鬼。

如果有五六只飞行恶鬼的话，那么没有理由让幸存者成功逃脱。

没有人比系密特更加清楚，能够飞行在空中的魔族，对于用双脚奔跑的猎物来说，拥有着何等的优势。

"我似乎能够猜到你们的打算。"系密特点了点头说道，

"你们是否打算有所行动据我所知，那笔报酬数量相当惊人，难道你们愿意坐视这笔报酬落到别人手里？"系密特问道。

看了一眼那个人平静的样子，系密特突然间想起，刚才看到在前面那群翻越者的身后很远的地方，还有几个鬼鬼祟祟的跟踪者。

"或许你们并非没有任何行动，自己不进去，也许会派几个探子跟进去，这样万一前面那批人全军覆没，你们也可以知道是什么东西杀死了他们。如果他们平安无事，你们的探子便

可以公然站出来。"系密特笑着说道。

"小家伙，你确实知道许多事情，多得甚至让我感到惊讶。"那个人微微有些意外地说道。

"我是否可以和你一起行动？"系密特问道。

"我现在开始有些怀疑起你的身份，你该不会是个探子吧？"那个人疑惑不解地问道。

"我无法证明自己是不是你所担心的那种人，我只能够告诉你，我将会对你有极大的帮助。"系密特说道。

"我刚才听说了，你非常擅长音乐是吧？只可惜，我们的队伍里面，已经有了一个会唱歌让大家感到欢乐和轻松的家伙，我并不认为有谁能够取代他的位置。"那个人不以为然地说道。

"他会些什么？"系密特问道。

"你又会些什么？"那个人反问道。

突然间，一阵闪烁跳跃而出的寒光，令那个人猛然一惊，他飞快地将手搭在自己腰际的剑柄之上，不过与此同时，他也已经知道，眼前这个小孩并没有多少恶意。

那个人只感到头顶上有些凉飕飕的，而且领口、袖管和腋窝上，有一种紧绷的感觉。

他轻轻地将帽子摘了下来，帽子的边沿，紧贴着他头皮的地方，扎着一排纤细的钢针，这些钢针半尺来长，牙签一般粗细，尖端锋利，闪烁着森冷的寒光。

那个人浑身上下打量了一番，只见自己的衬衫上，同样扎满了一模一样的钢针。

"一只手一次发射六根钢针，是我的极限，我随身带着一千多支这样的钢针，我可以不间断地在片刻之间，将所有这些

钢针全部发射完毕。

"到今天为止，我还从来没有遇到过一个，能够在我发射完钢针之前还存活着的对手。"系密特故作高深地说道。

轻轻地捧着那些小心翼翼地拔下来的锋利武器，那个人不由自主地缓缓点着头。

身为一个经验老到的佣兵，他自然非常清楚，拥有这样一手绝活的人物，有多么强悍和可怕。

和注重纪律、重视集体作战能力的军队不同，佣兵更为注重的是个人的技巧，能够令自己最有效地存活下来的本领，就是最好的本事。

正因为如此，每一个佣兵都试图拥有属于自己的绝活。

像他这样见多识广的佣兵，也意味着见识过许多千奇百怪、令人感到不可思议的绝活。

久而久之，他也就练成一套本事，那便是看一眼对手的绝活，立刻能够分辨出对手在佣兵之中应该拥有的位置和价值。

对于佣兵来说，玩暗器的人绝对不在少数，很多人，包括他本人，在这方面都有两手，但是将暗器玩到了这种程度的人，却非常罕见。

"好吧，让我们来谈谈我们之间的交易，你有什么要求？想要在这笔报酬之中分一杯羹？"那个人轻轻捻转着胡须问道。

"报酬是多少？"系密特问道。

"总数是三万，如果保护里面的人平安地出来，这笔钱就让参与的佣兵团平分。不过，有另外一个办法可以拿多一些，如果能够杀掉魔族，就有资格拿四分之三，如果几支佣兵团全都杀死了魔族，那四分之三在他们之间平分，剩下的四分之一

新的危机

再平分。"

那个人压低了声音说道，事实上，这原本就是没有必要的事情，因为其他人显然有意回避这个地方。

"你知道我创作一首曲子能够拿到多少钱吗？"系密特微笑着问道。

"多少？一百？两百？"那个人问道。

"三千，至少三千。"系密特说道。

"呵呵，你骗谁啊！"那个人讪笑了起来。

"信不信由你。不过我并不是为了钱而来的，我只需要加入你们的行列，其他的我一概不在乎。"系密特郑重其事地说道。

"这样说来，我赚大便宜了。"那个人笑着说道。

"你们什么时候开始行动？"系密特问道。

"没准，第一批人恐怕要在明天晚上才能够翻过山脉，没有人敢在白天过去，我的人会把他们拖住一整天，这样算来，三天之后我们或许才会进山。"那个人说道。

"这样正好，我原本就打算在这两天进行一场公开表演，我的路费已经花得差不多了。"系密特说道。

这显然并不是实话，刚才的成功演出，令这个小家伙有些跃跃欲试。

系密特非常想看看，凭借他的音乐才华，他可以得到多少喝彩。

"好吧，或许我会来为你捧场。"那个人不以为然地耸了耸肩膀说道。

"如果你想要找我的话，就来这里。"系密特说道，"系密特，这是我的名字。"

189

　　"这种地方对于你这个年龄的小家伙可不太合适，晚上或许会睡不着的。"说着那个人站了起来，重新将帽子带在自己的头上。

　　"对了，既来之则安之，我已经两天没有在这里散心过了，或许和你做一晚上的邻居也很不错。"那个花花公子笑着说道。

　　突然间，他握住剑柄的手闪电般地一抖，几道电芒般伸缩吞吐的剑光，在系密特的眼前疾闪而过。

　　"以后别射我的帽子，我就不会割破你的衣服。"那个人微笑着，转过身去，将细刺剑重新插回了腰际的剑鞘。

　　"相当不错的剑技，至少不在那些宫廷剑术师们之下。"

　　看着那个人走上楼去的背影，系密特自言自语地说道。他的嘴角露出了淡淡的嘲笑，轻轻地将那被削断的衣领取了下来。

　　朝着柜台走去，系密特向那位酒保问道："城里是否有剧院？我想进行一场私人演出。"

　　"拉高尔先生——"那个酒保提高了嗓门喊道，"现在这里有一个发财的机会，正等着你呢！"

⑨ 演 出

　　"阿——嚏"

　　斯帕克忍不住打了个喷嚏，他掏出手帕，使劲擦了擦鼻子，站在这间屋子里面，令他感到相当难受。

　　这间屋子并不算小，但是此刻却显得极为拥挤，因为屋子里面，放满了各种各样的花束。

　　斯帕克将手插进其中的一个最大、也是最豪华艳丽的花束里面，掏出一张标有烫金字的卡片。

　　"布贡·拉芳·史维特侯爵，向尊敬的艺术家表示敬意。"这位花花公子般的佣兵队长念着。

　　从另外一束花束里面，翻出另一张卡片，上面写着赠送者是教长。

　　轻轻地吹了声口哨，他在屋子里面转悠起来。

　　突然间，房门轻轻地打开了，一身盛装、带着假发的系密特走了进来，在他的身后还跟着两个人，他们的手里捧着满满的花束。

　　"你可以开一个花铺，我相信生意一定兴隆。"那个花花公

191

子说道。

"你怎么来了？"系密特问道，"马上就要出发了吗？"

"不不不，我原本是来给你捧场的，我去夜玫瑰找你，酒保告诉我，今天是你演出的日子。"斯帕克看了一眼四周的那些花束，耸了耸肩膀，"看样子，不用我替你捧场，我开始有些相信你前天说的那句话了。"

看见那两个杂工离开，这个花花公子立刻凑到系密特跟前，问道："演出的收入有多少？我对此有些好奇。"

"现在还不知道，因为还有事情，我只安排了两天的演出，一张门票五十金币，这个剧院能够容纳五百多人，其中的二三十张票，是送给那些特殊人物的，比如这里的领主大人。

"这样算下来，演出的收入其实也没有多少，我只能够期待着，演出结束之后的拍卖会能够好一些，乐谱如果能够卖上几万金币，或许还算不错。"系密特一边盘算着，一边说道。

"真是有钱人，我的天啊！你的乐谱难道是国库债券，竟然如此值钱？或许我也应该去学学写歌，你的钱来得也太快了一些。"花花公子惊诧地说道。

"这对于你来说不正合适？不用再怀疑我是为了那笔报酬而动脑筋。"系密特不以为然地说道。

"我现在反而更加担心，因为我实在找不出理由来解释你的行为。"斯帕克一边摇头，一边说道。

"为什么不当做我天生喜欢冒险？"系密特问道。

正说着，突然间房门再一次打开，只见一个满脸堆笑的胖子走了进来，从那打开的房门，潮水般的喝彩声和掌声涌了进来。

"我要上场了。"

系密特从休息的椅子上跳了下来说道。

看着小家伙远去的背影，听着那怒涛般的掌声，那个佣兵队长的眼神，变得越来越迷惑。

靠近那道丝毫看不出有什么防御能力的篱笆，一支颇为壮观的队伍正聚集在那里，这支队伍分成了好几部分，显然有着各自的首领。

刺耳的犬吠声此起彼伏，这支奇怪的队伍，带着为数惊人的狗。

这些狗，大多是以嗅觉灵敏奔跑灵活著称的猎狗，不过也有一些是以凶残厮杀出名的大型狼狗。

和这些狗一样显得异常显眼的，是这支队伍的外围，排列着的那些各式各样的马车。

有些和系密特的那辆轻便旅行马车几乎一模一样，显然塔特尼斯家族的头脑能够想到的事情，其他人也能够想到。

还有另外一些马车就显得有些奇怪了，那是普通箱式的马车，不过外面还挂着厚重的铁栅栏，更有两层的木板，外带特制的结实车轮。

那些队伍的首领，互相看着对方的准备。

"看样子，这一次就看谁的准备最充分了。"斯帕克自言自语道。

站在他身边的是一个小个子，人显得极为精干，同样的两撇小胡子长在他的脸上，就显得有些猥琐。

"看样子，打算稳扎稳打的人，并不在少数。"小个子看了一眼那些厚重的马车，摇了摇头说道。

"那些魔族的力气可不是我们所能够比拟的，不过它们不会制造物品，是最大的弱点，铠甲和盾牌既然无法抵挡住它们的利爪，就算是将要塞和城墙带着身边，也是一样。"斯帕克耸了耸肩膀说道。

"对了，我让你去探的那个小孩的底，这件事情你干得怎么样了？"这个花花公子打扮的家伙问道。

"那个小孩现在挺有名的，不过这里的人，之前显然从来没有见过他，我不敢惊动其他的佣兵团，只能够察言观色，不过看样子，他们对于城里有这样一个小孩，根本就一无所知。"那个小个子说道。

"算了，反正无论他是谁，对于我们都不会有太大的损失。他如果是官府的探子，会受到影响的是这一次出赏金的那些家伙，他们的财路或许会因此而截断，不过我们只要收钱走路，就可以了。

"如果他是某个野心勃勃的家伙的眼线，我们只需要小心一下，也翻不了船。我不记得附近有什么人，能够一下子对付像我们这样规模的五六支佣兵团的势力，整个丹摩尔也不会有吧。

"再加上这里的领主，看上去也不像是一个喜欢管闲事的，那个小孩又是外路来的生客，这里面同样看不出有什么阴谋。"那个花花公子皱紧了眉头说道。

"这样说来，就真得变成了那个小家伙自己想要冒险？"花花公子的脸上显露出迷惘的神情。

"如果按照你所说的那样，这小子只要弹弹琴，钱就会滚

滚而来，他吃饱了撑着，和我们一起冒性命危险？"

旁边的小个子有些不以为然地说道。

"他的身手也有些不太像，实话说，我绝对没有把握能够躲得过他发射的那些暗器，没有盾牌和铠甲的话，恐怕得用好几条人命填上去，才可以靠近并且解决他。这是我惟一能够想象出来的办法。"斯帕克再一次皱紧了眉头。

"只可惜，那些暗器用来对付我们倒是非常合适，对付魔族，恐怕连个屁都不值。"旁边的小个子不以为然地说道。

"难说，如果这一次出现在这里的，确实像我们猜测的那样，是飞行恶鬼的话，那小家伙手里的暗器，或许是最有效的武器。

"我绝对不相信，有谁能够发射出得比那些钢针更快的暗器，更不要说，必须在瞬息之间作出反应。"那个花花公子说道。

正在这个时候，突然间远处一队骑兵缓缓而来，令所有人感到诧异的是，那队骑兵竟然将篱笆封锁了起来。

一个全身穿戴着战斗铠甲的骑士，缓缓地驾着马，来到众人的面前。

"我知道各位是些什么样的人，我也听说了各位打算做些什么事情，我奉领主大人史维特侯爵的命令，请各位离开这座城市。

"无论领主大人还是我本人，都非常清楚，是什么原因将各位引到这里来。堪布山谷并非最近刚刚才被发现，几个世纪以前，这座城市里面的居民已经知道，通过那里能够进入北方领地。

"不过，我们始终无意于去打扰我们的邻居，但是此刻，从北方领地前来的逃亡者，却破坏了我们的安宁。"

"正因为如此，领主大人命令我封锁那座山口，我的士兵们将执行这道命令，当然对于那些已来到这里的逃亡者，领主大人允许他们成为最后一批幸运者。"

一时之间，原本嘈杂喧闹的空地上变得一片寂静，没有一个人说话，所有人的眼睛都紧紧地盯着那个骑士。

聚集在这里的佣兵，人数并不在那队士兵之下，而且各个拥有一手绝活的他们，无论是战斗力还是斗志，都远比这些私人领地的护卫队要强得多。

事实上，即便那个骑士，佣兵里面的许多人都未必将他放在眼里。这些所谓的护卫骑士，根本就不能够和真正从骑士学校里面毕业、接受过正统严格训练、得到真正认可的骑士相提并论。

不过，没有一个人打算和这支丝毫没有战斗力的仪仗队伍交手，要知道，一旦向他们举起刀剑，无疑便意味着对丹摩尔王朝的反叛。

叛逆的罪名可不容易承受，再神通广大的佣兵团，也无法和整个丹摩尔王朝的军队相抗衡。

正当众人面面相觑的时候，突然间远处一辆马车缓缓而来。

系密特从马车上下来，同样微微一愣，他怎么也想像不到，这些聚集在一起的佣兵，会和领地里面的骑兵对峙。

仔细询问了一下情况之后，系密特来到了那位护卫骑士面前。

那位护卫骑士同样纳闷已极，面对眼前这个奇怪小孩，他可没有办法像对待那些佣兵一样生硬。

身为领主贴身护卫的他，自然认得这位领主大人的座上宾。

眼前这个小孩，可以说是最近几天城里最声名显赫的一个人，几乎每一个人都在传说，他将成为"自由的风"之后，第二位伟大作曲家。

"我希望能够成为调停这件事情的中间人，史维特侯爵那里，我会前往加以解释，此刻山口那边，还有不少逃亡者被困在那里。"系密特说道。

虽然他非常清楚，自己手里有着许多张王牌，国王陛下给予他的那道策令，到了关键时候，同样会相当有效。更何况，自己的手里还有一枚水晶球。

只要将波索鲁大魔法师的脸，往那里一露，什么样的命令，也会被暂时压制下去了。

不过，系密特并不打算依靠这些东西来压服别人。

那个护卫骑士微微一愣，一时之间不知道如何回答才好。

转念一想，领主大人的意愿，原本就不是那样坚决，而且无论是领主大人还是他本人，都确实有些担心，这些亡命之徒会为了利益铤而走险。

"我仍旧会执行命令，封锁那道山口，而且从今天起，将封锁这座城市，不允许来自北方领地的逃亡者和佣兵团进入。"那位护卫骑士固执己见地说道。

"我相信这一点可以做得到。不过阁下也应该听说过，最近附近发现了魔族的踪迹，那些魔族正是出现在山口附近，这些佣兵团正是为了消灭魔族，而从千里迢迢之外赶来的。

"我相信，史维特侯爵大人同样不希望，自己的领地附近有魔族徘徊。正因为如此，我希望您不要阻挠这一次的行动。"

系密特试探着说道。

"领主大人无意阻挠任何人的行动，不过在我们看来，之所以魔族的踪迹出现在这里，正是因为那些逃亡者们的关系，他们将魔族从北方引来了这里。"那个护卫骑士冷冷地说道。

"据我所知，在奇斯拉特山脉附近发现了魔族踪迹的，并不仅仅只有这里而已，随意的猜疑并非是宽容的表现。在我看来，这座高雅的城市，绝对拥有宽广的胸怀。"系密特连忙说道。

说着，系密特转过身来，朝着那简陋的城门走去。

他信手从地上摘了一根青草，轻轻地折起放在嘴边，一首苍凉的乐曲，随着草笛那略微显得尖锐的声音，传递得很远很远。

这原本是他的父亲"自由的风"遗留下来的一首未曾完成的乐章，此刻系密特突然间感觉到，他的心中拥有了完整的乐谱。

那微微带有一丝哀伤和遗憾的曲调，几乎在瞬息间，令那些士兵们失去了战斗的意志，过惯了太平日子的他们，并不希望和任何人为敌。

"好吧，我就当一个旁观者，只不过事情结束之后，得有人去向领主大人解释今天所发生的一切，那个人绝对不会是我。"

那位护卫骑士无可奈何地说道。

浩浩荡荡的队伍终于开始前进，不过此刻，太阳渐渐向西方歪斜下来。

系密特骑着一匹栗色的马，走在队伍的最前列，他看上去就仿佛是这支队伍的首领一般。

　　而此刻，那些佣兵们和那位护卫骑士则各怀心事，虽然传闻之中的魔族就在前方，但是此刻他们更加在意的，反倒是事情解决之后应该怎么办。

　　远处道路一拐，渐渐深入山中，系密特清清楚楚地看到，在山口的路边，等候着几辆马车。

　　这些马车上放置的东西，系密特不用看，便知道是什么，这种事情，大家已经心照不宣。

　　那些佣兵们朝着骑兵团看了一眼，那位护卫骑士知趣地带着手下缓缓地走开了。

　　自从魔族入侵以来，数量惊人的限制性武器，散落到民间各地，这秘密早已经众所周知。

　　看着那些停在山口的马车，系密特微微有些惊讶，这些佣兵团所拥有的武器，确实有些超出他的预料之外。

　　他甚至看到了一架巨弩被装在一辆马车之上。在系密特的记忆之中，这些巨弩的制造，全都有专门的部门监督，除了北方领地之外，又没有巨弩折损，北方领地折损报废的巨弩，也绝对不会出现在这里。

　　毫无疑问，又有哪个环节出现了纰漏。

　　看到那张巨弩，那位花花公子和他的同伴们同样不太自在，他们的对手准备得越是充足，对于他们来说，越发不是一件好事。

　　一张张弩弓，从那些早已经停在这里的马车上卸了下来，那个沉重的巨弩，被安在了一辆专门加固的马车顶上。

　　所有人都忙忙碌碌地进行着最后的准备。

和军队不同，几乎每一个佣兵，都有自己佩戴武器的方法。

令系密特感到惊讶的是，那位花花公子模样的佣兵队长，所使用的武器，竟然是一杆刺枪。

将一切都收拾停当，队伍就地休息起来。

几乎同时看了一眼天色，系密特和那位护卫骑士从马上下来。

取出事先准备好的食物，系密特一边吃着，一边打量着那支佣兵队伍，此刻，他总算有机会看一眼他的合作伙伴。

在他看来，这几支佣兵团，都不是省油的灯，怪不得会有胆量接下这笔风险巨大的交易。

那位看上去就像是花花公子的盟友的队伍，十多个人里面，居然没有一个人穿着像样的铠甲，即便有两个人穿着锁链甲和皮甲，在关节的地方，也显然刻意修薄。

毫无疑问，这是一支注重机动的佣兵团。

最引起系密特注意的，并不是身为队长的斯帕克，而是他身边的那个小个子。那个小个子所用的，竟然不是常用的弩，而是一张弓。他的手下，显然有四个直属的部下。

在系密特的圣堂武士的记忆之中，存在着这种弓箭组合的形式，那并非是丹摩尔人所擅长的技巧。

另外一支引起系密特注意的佣兵团体，正是那支拥有着巨弩的队伍。

这个佣兵队的首领居然是个残疾，而这个队伍的成员，无论是身体，还是战斗意志，显然都比不上其他队伍的成员。

不过，这群人的手里，清一色都是经过改造、样子奇特的弩弓，这些弩弓比其他的弩弓，多了个用来拉开弓弦的杠杆，

除此之外，弩槽的底部，好像还多了一个盒子。

除了这些东西之外，他们的马车上还多了一些零零碎碎的玩意儿，这些东西对于他来说，一点都不陌生。

那是猎人用来抓捕猎物的捕猎陷阱和狩猎夹。

自从在京城拜尔克认识了亨特之后，系密特已是这方面的行家。

夜晚的山岭，显得寂静而又空旷，时而能够听到一两声被惊醒的鸟儿，发出警告的啼叫。

就连天色也仿佛特别帮忙一般，大团的乌云，将那仅有的一丝月光也完全遮住。

几乎每一辆马车，每一个骑马的人手中，都拎着一盏马灯。

昏黄的灯光，照亮了前面的道路。

系密特这才注意到，他显得有些与众不同，惟一没有带着马灯的他，只好装作自己匆匆忙忙间忘记了这件事情。

小心翼翼地紧挨着那个花花公子打扮的佣兵队长，系密特仿佛无所事事，开口闲聊起来。

"你的手下好像并非是丹摩尔人。"系密特问道。

"如果你想打听别人的秘密，好像应该先说出自己的秘密，作为交换。"斯帕克笑了笑说道。

"那么换一个问题，你现在是否还有信心能够拿到最丰厚的报酬，显然这一次通行的人，都打着和你一样的主意。"系密特说道。

"干我们这一行的，大多数都是精明鬼。"

那个花花公子不置可否地说道。

　　"这些装备确实令我感到惊讶，看来有人准备得比你更加充分。"系密特微笑着说道，他确实有些幸灾乐祸的意思。

　　"你是说废物维斯特？这方面是他们最擅长的，我没有必要和他们比。不过，维斯特这个怪老头，手下的人全都是些老弱残兵，怪老头脑子非常好使，就是固执不懂得通融，如果他的队伍里面有几个强悍的角色，或许他还能够和我们较量一番。"

　　说到这里，这个花花公子信心十足地凑到系密特的耳边，小声说道："那些魔族一旦暴露，只要不至于运气差到被第一波攻击所射杀，那些跑不动走不动的老家伙们，就绝对抢不过我们。"

　　"你的信心是否来自于那些亚班人的毒箭？只可惜没有人知道，那些箭矢上面的毒药，对于魔族是否有用。"系密特不以为然地说道。

　　"保证有用，我们早就实验过许多次，只不过毒药在这些冷血生物的身上发挥作用的速度，要比平常缓慢许多。"那个花花公子充满自信地说道。

　　"除此之外，我对于你同样充满信心，有没有兴趣从我这里买点毒药，涂抹在你的钢针上面？

　　"以你发射暗器的速度，再配上那些效率极高的毒药，在这群人里面，根本就没有人能够和你相比。"那个花花公子说道。

　　"我对毒药不感兴趣，要不然我会去弄些更好的毒药。"系密特不以为然地说道。这确实是事实，那些魔法师毫无疑问是最优秀的药剂师，他们所调配出来的毒药，远不是普通人所能够想像的。

　　那个花花公子耸了耸肩膀，显然他根本就不相信，有什么

毒药能够超过亚班人从那些致命毒草里面提取出来的毒药。

就在这个时候，系密特感到一阵异样的感觉。

这是附近有魔族潜伏的感觉，系密特非常清楚自己的直觉绝对不会有错，因为赋予他这种能力的，正是魔族之中负责指挥和控制其他魔族的魔族眼睛。

猛地从隐藏在上衣各处的插兜之中抽出十二支钢针，系密特警惕地扫视着四周。

"怎么了？你吓人的本事倒是不差，那些人受到攻击的地点并非在这里，而且这里靠着城市如此接近，零星的魔族，没有道理会跑到这里。"斯帕克讪笑着说道。

"最好收起你的笑容，我敢肯定魔族就在附近。"系密特冷冷地说道，他的语气如此僵硬，是因为他此刻的感觉非常不好。

因为他虽然清楚地知道魔族就在附近，但是他那能够穿透黑暗的眼睛，却始终没有找寻到魔族的踪迹。

难道魔族能够和他一样隐藏身形？

这令系密特感到越发紧张起来，拥有着隐身能力的他，自然最清楚拥有这种力量的敌人有多么可怕。

当初他孤身一人成功潜入魔族基地，这证明面对能够隐藏身形的敌人，再多的人手、再严密的防御，都没有丝毫用处。

甚至即便拥有能够看透隐形的办法，拥有隐形能力的敌人，仍旧能够千方百计地绕过那些惟一对他们有效的搜索者。

系密特的神情变得越来越凝重起来，但是令他感到恼火的是，身边的其他人却丝毫没有将这当做是一件事情。

即便对系密特神秘而又诡异的身份始终保持着警觉的那个花花公子，在凝神朝着四周张望了两眼却一无所获之后，也开

始有些怀疑，眼前这个小孩神经过敏。

那看不见的敌人令系密特感到恐慌，而身边人的讪笑更是令他恼火，他突然间感到，自己就像是那个传说中无奈的能够看透未来的智者，但是身边那些懵懂无知的世俗之人，却将他当做是傻瓜。

系密特并不希望，那传说中的情景出现在眼前。传说之中的那些世俗中人，最后全都用他们的生命，来证明他们的短视和愚蠢。

塔特尼斯家族的头脑，从来都非常擅长解决难题，而塔特尼斯家族的子孙，显然全都具有表演的天赋。

转念间，系密特已经知道，自己应该如何去做，此刻他所缺少的，是别人的信任，正是他的年纪阻碍了别人对他的认可。

不过他有许多办法，能够让别人对他俯首帖耳甚至达到顶礼膜拜的程度。

系密特并不希望别人知道他的圣堂武士身份，幸好此刻他已经拥有了另一个令人惊叹并且顺从的本钱。

小心翼翼地从衣兜里面取出那原本黑漆漆的水晶，不过此刻，系密特令那颗水晶放射出耀眼的光芒。

就仿佛太阳突然间从地面跳了出来，将四周的一切都照耀得通明透亮。

"非常抱歉，我始终未曾透露自己的身份，我确实是个作曲家，不过与此同时，我也是一个正在学习魔法的魔法学徒。"系密特淡然地说道。

不过他知道，他震住了在场所有的人，几乎每一个人都在呆愣愣地看着他。

"我的老师是宫廷首席魔法师——波索鲁大魔法师，最近发生在各地的发现魔族踪迹的报告，令我的老师感到怀疑，正因为如此，魔法协会派遣了许多人手调查这件事情，我就是被派往这里的人员。

"虽然我并没有太多的能力，不过我的老师波索鲁大魔法师在临走之前，赋予了我察觉魔族踪迹的能力。

"此刻，我可以毫不怀疑地告诉各位，正有一个魔族潜伏在我们周围，而且那是一个非常可怕的角色，或许是我们从来未曾见过的种类。"

如果说，刚才系密特的反应被当做是笑话，那么此刻众人心中所拥有的，便只有无比的恐慌。

没有一个人对于系密特的话提出质疑，这个小孩手掌之中发出的亮光，除了太阳，还没有人看到过另外一种东西能够和它相提并论。

如果这不是魔法，那么就没有什么能够证明魔法存在了。

而系密特的话，同样合情合理，几乎每一个人都确信，在此刻事态如此危机的时候，能够被派到这里来调查的，也就只有最底层的魔法学徒了。

世人都知道，魔法师是何等珍稀，这些人是如此稀少，而需要他们的地方，又是如此众多。

正因为如此，连这样的小孩都不得不被派遣出来，自然是情理之中的事情。

不过，此刻没有人因为系密特年纪幼小而看不起他，拥有魔法师的身份，足以令他和普通人截然不同。

几乎每一个人都知道，魔法师拥有着神秘莫测不为人知的能力，而此刻这个小孩声称自己拥有能够发现魔族踪迹的能力，自然就只有听从和相信这一条路可走。

几乎每一个人都变得紧张起来，那些笨重的马车被推到了最前方，所有人都紧握着武器，炯炯的目光，扫过身边的每一寸土地。

没有人说话，只是灯盏的合叶全都被打开，虽然这些朦胧的灯光，在系密特手中那亮丽的阳光照耀下，根本就派不上用场，不过众人仍旧下意识地这样做。

突然间，一阵猎狗的狂吠从四面八方响起，紧接着，一阵声嘶力竭的惨叫声，划破了夜空的寂静。

马惊叫着发出凄惨的嘶鸣，高高得飞了起来，原本紧紧跟随在那些笨重的马车身后的佣兵，连忙朝着四面八方闪避。

一阵轰响，一辆厚实的用铁栅栏强化的马车，猛地一震，紧接着便剧烈地抖动起来，马车里面立刻传来了充满恐慌的尖叫声，但是尖叫声仅仅持续了一会儿，便中断了。

"在底下，该死的魔族躲在地底下。"一个眼尖的人首先喊道。

听到这声喊叫，系密特稍稍放下心来，此刻他总算明白，原本并非是他的眼睛出现了问题，也不是魔族找到了能够彻底隐藏身形的办法。

他的身高，令他难以穿透前方的队伍，而看到前面大道之上的情景。

一连串弓弦震动声响起，紧接着便是咻咻的箭矢破空之声，以及夺夺的箭头钉入木板的声音。

数百支劲急的箭矢，将前方那辆马车笼罩在其中。

　　虽然所有人都确信，在如此密集的攻击之下，没有任何东西能够幸存下来，但是对于魔族的恐惧，仍旧使得他们不由自主地重新将弓弦拉上。

　　正在这个时候，突然间异常的变化发生。

　　只见那个被射成千疮百孔的马车猛然间震散开来，破碎的木板，夹杂着几片铁栅栏，劈头盖脑地朝着众人砸来。

　　如此变故，完全出乎与那些佣兵们的想像之外。

　　大多数人根本就来不及躲闪，一片惨叫哀嚎之中，最前方的那些佣兵，被砍倒了一大片。

　　那些沉重的铁栅栏，成了最致命的武器。

　　其中的一道铁栅栏余势未尽，继续翻滚着往前飞来，这件令人恐怖的凶器，擦着地面飞起块块碎石，令人感到不寒而栗。

　　一匹不幸的战马成了牺牲品，那道沉重的铁栅栏，将战马砸成了两段。

　　"看！那是什么！"

　　一阵惊叫声，令众人注意到了那神秘的元凶。

　　一条细长的触角，扭曲着卷起了马车的骨架。

　　对于拥有着圣堂武士力量的系密特来说，举起马车，根本就是一件轻而易举的事情，但是对于那些佣兵来说，这令他们感到无比恐惧。

　　忽然间，那根触角猛地一抽，马车朝着人群最密集的地方砸落下来。

　　几乎是下意识的，每一个人都压低了身体四处躲避，一时之间，原本整齐的队伍变得乱七八糟。

　　轰的一声巨响，马车彻底碎裂开来，没有人知道有多少人被压在了底下，只知道那些跳跃着的车轮和巨大的车轴，同样无比致命。

不过在混乱之中，仍旧能够听到咻咻的箭矢声音，这些佣兵虽然缺乏纪律，不过擅长作战的人，也并不在少数。

一蓬飞射的箭矢，顷刻间将那蔓藤般的触角射成了一根钉棒。

系密特凭着力武士的直觉，知道这样的攻击，根本就起不了任何作用。

看着那如同长鞭一般抽过来的触角，系密特感到有些后悔，自己竟然未曾带着他的那两柄弯刀。

又是一片佣兵被扫倒下去，系密特再也无法忍耐。

将手里的那颗水晶收转回来，系密特如同一阵风般飞掠出去，乘着突如其来的黑暗，和此刻无比混乱的局势，他闪身朝着最前方纵去。

突然间，小腿仿佛绊到了什么东西一般，系密特感到，裤腿轻轻地被什么东西往后拉了一下，他几乎是下意识地用脚尖往旁一点，结果令他骇然的是，另一根长鞭猛地朝他抽了过来。

对于此刻的系密特来说，他已无法煞住自己往前奔行的势头，于是他身体在半空中一个盘旋，手掌猛地在地上一拍，身形朝着一旁飞射而去。

就在他头上脚下那一刹那间，系密特隐隐约约看到，地面上有些与众不同。

地上仿佛支撑着一张巨大无比的蜘蛛网，那粗壮的主索延伸出去十几米，在主索之间，还密布着无数几乎看不清的细丝。

此刻脚下便有一道细丝，为了印证自己的猜想，系密特猛

地踩落下去。

又是一根长鞭，从潜伏变成了攻击状态，不过这一次，系密特早就已经做好了反击的准备。

一蓬钢针，朝着那巨网的中央疾射而去，系密特对准那根长鞭，猛力蹬踩下去，那迅猛的抽击，再加上系密特本身的力量，使得他的身体高高地飞了起来。

被抛飞到空中，对于他来说，实在是再幸运不过。

系密特连续不断地挥舞着手臂，那密集的钢针，瞬息间笼罩在了那巨网的正中央，原本始终一动不动的其他那些触角，此刻猛地一震，紧接着便漫无目的地挥舞起来。

突然间，一阵剧烈的抖动，紧接着，一根断落的触角飞舞着，和其他触角撞在了一起。

就在那一瞬之间，渐渐掉落下来的系密特，已看清了他的敌人。

他原本以为，这一次的魔族，又会是像魔族眼睛那样非人的怪物，但是令他感到奇怪的是，他看到了一张和人一模一样的脸。

感到震惊的系密特，差一点没有躲过一条猛抽过来的触角，肩膀上火辣辣地挨了一下，令他猛醒过来，此刻仍旧在激烈的战斗之中。

既然看到了目标，自然好对付许多。

而且那漫无目的地挥舞触角，也令系密特猜测到，这个魔族或许同样不曾拥有能够看透黑夜的眼睛。

身形一滑，飘向了一旁的山坡，系密特的双脚一踏上地面，心中终于踏实了许多。

弓起脊背，扭紧身躯，那一连串咝啦声响，是暴涨的肌肉将身上的衣服彻底撑破所发出的。

运用所有的力气猛地一甩，十二根钢针，带着强悍无比的力量，朝着那个魔族疾射而去。

这是系密特为了对抗魔族而祈求来的力量，如同巨弩一般强劲刚猛的力量。

一声刺耳的尖叫声响起，突然间，所有的长鞭都朝着这里猛抽了过来。

虽然这样的拼命反击，有些出乎系密特的预料之外，不过，他早就已经做好逃跑的准备。

他甚至还将那极为有限的魔力，输入到了波索鲁大魔法师送给他的、那件奇怪的礼物上面。

一阵手忙脚乱，系密特无论如何都想像不到，他居然再一次地使用了那发狂般的速度，奔跑了起来。

等到他醒悟过来的时候，系密特发现，他已经离开战场至少有一公里远。

脚底甚至在隐隐作痛，大腿同样像快要散架了一般，那阵阵酸痛，是上一次所不曾有过的感觉。

就在他回头顾盼的时候，突然间，他注意到远处那个拥有着无数触角的魔族，正伸展开那细长的触角，迅速地翻越山岭，往山脉深处逃跑。

系密特很想捕获住那个魔族，不知道为什么，他感觉到这个魔族和以往的那些魔族并不完全一样，这个魔族，和魔族的眼睛有些相似，系密特感到，它们全都是魔族之中拥有智能的成员。

这个魔族，显然非常清楚如何令自己的杀伤力达到最强，那辆沉重的马车，成了它最有效的武器。

　　除此之外，系密特还隐隐约约感到，他刚才那原本以为必杀的强力一击，之所以未曾奏效，也和这个魔族的智能有关。

　　那些强劲有力的钢针，原本应该将魔族的脑袋和胸膛刺个对穿，但是此刻，从它还能够如此迅速地逃跑看来，那些攻击并没有真正击中要害。

　　系密特并不认为，是因为他的钢针难以穿透魔族那强劲有力的身躯，同样在黑暗之中想要躲过那致命的一击，也相当困难，肯定有其他原因令魔族得以逃生。

　　此刻，山道上充满了悲哀和忧伤，虽然佣兵的信条，原本就是随时面对死亡，但是此刻如此凄惨的景象，仍旧令所有人难以忍受。

　　沿着山坡躺着三十几具尸体，不过，这些死者和那些此刻正在痛苦哀嚎的伤员比起来，或许要幸运许多。

　　每一个佣兵队，都多多少少有些伤亡。

　　走到那个花花公子面前，系密特小心翼翼地问道："损失了多少弟兄？"

　　斯帕克没有说话，他只是沉重地伸出了一个手掌。

　　"能活着就算是幸运的了，那个魔族恐怕从来没有人见过。"系密特重重地叹了口气说道。

　　"那东西是被你打跑的？"斯帕克突然间问道。

　　"为什么你会这样想？"系密特反问道。

　　"道理很简单，我们这里根本就没有人能够伤得了那个魔族，只有老废物他们弄断了它一根触角，这已经是非常了不起的收获了。

"所以那个魔族突然间逃跑的时候，我们每一个人都差一点跪下来祈祷，我们原本以为会全部死在这里。

"我注意到，你并不在附近，过了好一会儿，你才从山里出来，我相信你的老师，那个魔法师肯定给了你某样能够用来对付魔族的武器。"这个花花公子说道。

"很遗憾，对付那个魔族并非很有效，这是我所看到过最难对付的魔族。"系密特充满了遗憾地说道。

"这一次损失惨重，看来待会儿恐怕还有一些麻烦，没有杀掉那个魔族，那些家伙恐怕不会给我们报酬，而已进去的第一批人，恐怕也不会愿意和我们分摊报酬。

"我们死了五个人，算是损失比较轻的了，还有人比我们更惨，他们肯定会要更多报酬，我担心待会儿还会有一场战斗。

"我不希望再有人死亡，也希望能够得到足够的补偿，所以这件事情得请你帮忙，你是魔法师，稍微露两手就可以将别人镇住。"斯帕克说道。

"或许我会首先成为靶子，贴近射出的弩箭可不容易躲避。"系密特说道。

"不用担心会有弩箭对准你，佣兵有佣兵的规矩，破坏规矩的人，没有办法在这一行立足。

"更何况，还有那些铁皮在这里，他们是最好的公正人，没有哪个佣兵会愿意得罪他们。"斯帕克压低了声音说道。

"看样子，你早已经将所有事情全都想好了，那么能不能告诉我，你打算从那些人的身上刮到多少油水？"系密特同样压低了声音问道。

"我听说，从山口通过的人，每一个人都交给那些家伙三百金币，这样算来，前前后后他们应该赚了十几万吧，要他们拿原来说好一倍的数量，应该差不了多少。"斯帕克说道，他的脸上露出了不怀好意的微笑。

"不知道是你的消息不准，还是你有意隐瞒，单单坐船就不只这个数，我相信每个人没有给足一千个金币，根本就不可能从那道山口逃出来。"系密特冷冷地说道。

听到这句话，那个花花公子吹了个口哨，他朝着四周张望了两眼，然后说道："我真的没有骗你，这个数字，是我们从那些逃出来的人那里打听到的，看来，他们都被事先关照过，不许说实话。

"既然是这样，看样子我得去和其他人商量一下，牺牲了这么多弟兄，这点点小钱，根本就不够我们分的。

"不过，想要从那些家伙身上挖出更多的油水，恐怕就不能够用原来的办法了，看样子，如果不让他们知道，这一次他们如果不给钱的话，或许谁都别想活着回去，要不然，肯定是没有办法让大家满意的了。

"但是这样一来，那些铁皮在这里就有些麻烦，这正是令人感到非常为难的事。"那个花花公子皱紧了眉头说道。

"你的意思，是不是让我去对付那些骑士？"系密特问道。

"你的反应非常迅速，而且看待问题极其准确，现在谁都知道你是个魔法师，再加上他们对你原本就很尊重，我相信他们会愿意听从你的意见。"

系密特朝着四周张望了一眼，他看到另外几支队伍的佣兵们同样看着这里，显然这是早已经商量好了的计划。

系密特原本并不打算管这些闲事，但是看了一眼那些躺在

山坡旁边的死者，突然间他感到一丝愧疚。

如果他带着自己的弯刀，或许这一切都不会发生，对付这些章鱼一般的触手，他的钢针并不是非常有效的武器。

自从成了圣堂武士以来，他还是第一次在战斗中没有佩戴弯刀。

从某种意义上来说，或许可以说是他隐藏身份的想法令那些人白白牺牲。

只要一想到这些，系密特感觉到自己应该做些什么。

突然间，他又想到另外一件事情。

波索鲁大魔法师曾经告诉过他，奇斯拉特山脉附近，有好几个地方都发现了魔族的踪迹，或许同样的战斗，也将在其他地方发生。

不知道括拿角的情况到底怎么样，不过有一件事情可以肯定，那便是这里已经变得越来越危险。

无论如何，都必须让玲娣姑姑和嫂嫂沙拉小姐离开这个地方，或许这些佣兵能够派上用场。

想到这里，系密特点了点头。

"不过我有一个条件，事成之后，我想要雇佣你们，帮我办一件事情。"系密特立刻说道。

"那要看是什么样的事情，如果仍旧和魔族有关，我相信这一次，没有一个人会愿意接受这样的工作。"

那个花花公子一般的佣兵队长说道。

看着斯帕克那一脸警惕的模样，系密特非常清楚他担心的是什么。

"我并不是让你们帮助我完成我的任务，只是希望你们能

够保护两个人，从括拿角前往京城拜尔克。"系密特说道。

"这个路途可不短，说说你的报酬，看在这一次你愿意帮忙的份上，我可以给你一个优惠。"

斯帕克露出了奸商般的笑容。

"我的演出费，全都给你怎么样？"系密特问道。

又轻轻吹了个口哨，那个花花公子说道："呦，这可不是一个小数目啊，看样子可以成交。"

系密特转过头去，看着远处另外一支队伍。

"你是不是能够帮我再联络一下那些人？昨天晚上的战斗中，他们比你们干得更加出色。"系密特说道。

"不得不说，你是一个非常精明的家伙，增加一个竞争对手，可以压低许多价钱。"那个花花公子连连点头说道。

"我只是看中他们的能力而已，更何况，你们能够活下来，他们的功劳绝对不小，我只是希望能够补偿一下他们的损失而已。"系密特说道。

"两家平分你的报酬？"那个花花公子问道。

"别忘了，我还有一笔拍卖收入，这一路上干得出色的那一队，可以得到一笔丰厚的奖金。"系密特不置可否地说道。

"如果这是必须的选择，我只能够接受，不过我得说，你根本就是在浪费钱，我们是最出色的佣兵，没有人能够比得上我们。"那个花花公子说道。

说着，他转过头，朝着其他队伍走去。

看了一眼远处的那些骑士，再看一眼他身后那些不知所措的士兵，系密特知道，自己还有工作要去完成。

这并非是他喜欢的事情，但是此刻他不得不去做。

 10　魔族的智能

慌乱的人群，正拼命地往一座并不宽敞的大门里面拥挤，在城楼上的士兵，正忙碌着将巨弩推到最前方的射击位置。

远处一队骑兵，正慌慌张张地往回疾驰，原本留守在要塞外面的士兵，正在费力地搬动刺栏。

要塞最高处的城楼之上，那报警的钟声，正发出急促的鸣响。

突然间，远处一个怪物般的身影，张牙舞爪地往这里飞奔而来，那东西就像是一只巨大的章鱼，但是它那细长的触角，要远比章鱼长得多，同样那些触角的数量，也绝对不止八个。

这种奇怪的生物行走起来的样子，看上去颇为迟钝，只见它笨拙地交替挪动着那些细长的触角。

但是，这个看上去行动颇为缓慢的魔物，却轻易追到那些奋力急奔着的骑兵的身后。

只是轻轻地一卷，被那细长触角卷到的士兵，立刻就发出了令人难以忍受的凄惨号叫。

被高高地举起，然后猛力一甩，那个不幸的士兵，如同投

石车发射出来的弹丸一般，朝着正在前方亡命奔逃的另外一个骑兵撞去。

砰的一声，紧接着便是战马的嘶鸣声，以及铠甲的碎片飞散开去撞击在地面上发出的声音。

如此恐怖的魔物，显然大大出乎所有人的预料之外，那些站立在城头上的士兵，已恐惧地跪倒在地。

他们甚至闭起眼睛，默默地吟诵着仁慈父神的名号。

士兵们开始跟在平民百姓的身后，往要塞里面撤退。

此刻，要塞里面同样乱作一团，到处是声嘶力竭的尖叫声和嘤嘤的哭泣声。

"让平民躲到地窖里面去，别让他们在一旁碍手碍脚的！"一位军官高声命令道，看着底下纷乱的情景，这位军官无奈地皱紧了眉头。

更令他无奈的，还有另外两个人，两个女人。

正是这两个女人，坚持要让平民们躲进要塞。

说实在的，身为要塞指挥官的他，并不希望增添这些累赘，这并非是他的职责，这些平民也不是隶属于要塞的居民，他们更多的是北方领地聚集在这里的逃亡者，还有一些是打算捞一把的商人。

没有人请他们到这里来，两个月之前，原本就应该将他们驱赶回自己的地方。

一边愤愤不平，这位指挥官一边朝着要塞顶上的平台走去。

那里是最好的瞭望点。

此刻，要塞的顶部同样剑拔弩张，六架巨弩已经掀开了盖在它们身上的盖布，那张紧的弓弦，在绞盘的拉拽之下，发出

了吱嘎的声音。

手臂粗细的箭矢，早已经放在了滑槽之上。

"迪鲁埃先生，你不该待在这里，这是战斗岗位，在我看来，此刻你应该守护在那两位夫人的身旁。"

要塞指挥官非常不高兴，看到这里居然有一个原本并不属于这里的人。

对于这个有些邋遢的佣兵，他并不是非常喜欢，或者说得更加确切一些，是他很不喜欢这个佣兵以及他所保护的那两个女人。

那两个女人太喜欢指手画脚，但是自己偏偏又得罪不起她们。

在几个月前，如果他听到塔特尼斯这个名字或许会嗤之以鼻，但是此刻，塔特尼斯家族的名声已经如雷贯耳。

虽然财务大臣的位置还不至于能够直接命令和指挥这座要塞，不过他总不希望这两个女人回到京城之后，在国王陛下的面前搬弄是非。

只要一想到这些，要塞指挥官便感到头痛无比。

"那东西好像知道厉害，它不肯过来。"

那个佣兵居然没有正面回答自己的问题，这令要塞指挥官感到异常恼火，不过此刻，他还有更加重要的事情要办。

急匆匆地走到平台边缘，正如那个佣兵说的那样，该死的魔族，开始在山头上慢慢徘徊。

"这样不是正好？那东西的触角，恐怕至少有十几米长，要塞的城墙，可没有那么高。"指挥官冷冷地说道。

"我说，"那个佣兵耸了耸肩膀，"那些魔族之中，千奇百

新的危机

怪的种类还真多，你说是不是这样？"

"我并非是一个博物学家，对于魔族的种类没有丝毫兴趣，我只希望知道如何能够将它们消灭。"指挥官说道。

"别整天板着脸好吗？这容易让你的士兵感到紧张。"迪鲁埃不以为然地说道。

"如何为人处世，如何对待下属，是我个人的事情，不用阁下来指点。"那个军官冷冰冰地说道。

"噢，你知道吗？你这个人其实不错，就是脸色难看了一些。"迪鲁埃轻描淡写地说道。

面对这样一个家伙，那位指挥官没有办法，在他看来，和塔特尼斯家族有关的所有人都异常难缠。

"那东西堵在那里怎么办？我们不可能不吃不喝不睡觉一直陪着它。"迪鲁埃指了指远处说道。

"或许阁下能够有所建议，传说中你们不是杀死过不少魔族吗？"要塞指挥官不冷不热地说道。

"你就别提这件事情了，我们之中没有人愿意提起这件事情，说起来，真相非常丢脸。"迪鲁埃轻轻挠了挠头说道。

"噢？也就是说，那是言过其实的传闻？"要塞指挥官嘲讽道。

"一路上确实宰了几个魔族，不过我们丝毫都没有功劳，我们根本就没有和魔族交战，等到我们看到魔族的时候，它们已是一颗颗被砍下来的头颅。"

迪鲁埃压低了声音说道，从他的语调之中确实听得出来，这件事情被他们视为不光彩的事情。

"那个了不起的战士是谁？"要塞指挥官淡然地问道。

219

"嘿，我们也要些尊严。"迪鲁埃拍了拍那个军官的肩膀说道，"或许你以后有机会看到那个家伙，他是个很容易让人心灰意冷的人物。"

正说着，突然间那个魔族朝着远方的山岭之间退却。

"所有人员保持警惕。"那个军官命令道。

他转过身来对旁边的一个下级军官说道："你告诉杰伊副官，让他将人手配成三组，轮流负责警戒。"

说完这些，他往楼梯口走去。

"你好像并不关心如何作战。"迪鲁埃说道。

"我不用关心这些事情，我的部下们非常清楚他们应该如何去做，身为指挥官，真正的意义并非是在打仗的时候发布命令，而是在平时训练的时候，令他们知道如何作战最正确。"那个要塞指挥官立刻回答道。

"那么外面那些受到攻击的你的部下呢？或许他们还活着。"迪鲁埃问道。

"存活的几率非常有限，但是那个不为人知的魔族，突然间返回的几率，却远远大得多。我不会让更多的部下去冒险，为了一两个人这不值得，或许你会说我非常冷酷。"那个要塞指挥官说道。

从要塞顶部的平台上下来，那位指挥官看了一眼仍旧显得混乱的要塞。

这是他最讨厌的事情，一向以来他都将纪律和秩序看做第一位。

随口将一个军官叫到眼前，这位指挥官冷冷地说道："下面乱糟糟的这些是什么？我不是命令你们让平民躲进地窖吗？"

　　"两位……两位伯爵夫人说，地窖里面无法容纳那么多人，有人会被憋死的。"那个军官立刻回答道。

　　"我讨厌多管闲事的女人。"那个指挥官嘟囔着说道。

　　"那么这些人现在在干些什么？我好像并没有命令向他们分发武器。"指挥官探头张望了一眼，再一次询问道。

　　"非常抱歉，或许这确实是多管闲事，我们俩在此请求您的原谅。"突然间，背后传来一阵清悦的说话声。

　　"我为我刚才所说的话感到抱歉。"要塞指挥官连忙转过头来说道，不过他的面孔仍旧是那样冷冰冰的。

　　"埃斯爵士，我不得不说，这里的地窖并不适合让人躲藏，我正在让人往里面抽换空气，也许到了万不得已的时候，只能够让平民躲在里面。

　　"不过此刻，我希望能够让他们暂时待在上面。我保证他们不会妨碍你的士兵的任何行动，而且他们或许还能够派上用场。"沙拉坦然地说道。

　　"尊敬的塔特尼斯伯爵夫人，我听说过阁下的丈夫拥有着仁义圣贤的声名，显然您拥有同样的美德。如果您一定要这样，就如您所愿。不过请您别动那些武器，它们非常危险，或许会伤到什么人。"那位指挥官尽可能彬彬有礼地说道。

　　"我相信我们所做的一切，会对您有所帮助，而不是帮倒忙。您有没有听说过蝴蝶卡？"沙拉小姐问道。

　　"恕我孤陋寡闻。"要塞指挥官淡淡地说道。

　　"那是用丝巾和铁丝做成的一种简易的活动钩子，猎手有的时候在对付比较麻烦的猎物的时候，会用到这种东西。

　　"毫无疑问，这是一种残忍的武器，当箭矢射进肉里的时候，那些活动钩子会弹开，猎手喜欢用这种武器，射击拥有强健体魄的动物的四肢，钩子会随着运动，不停地割裂肌肉。"

说着，沙拉小姐将手里的一支箭矢递了过去。

那位要塞指挥官冷冰冰地接过了箭矢，看了一眼，那支箭矢的正中央，用丝带系着两根弯曲的铁丝，这实在是一件再简单不过的武器。

"谢谢您，塔特尼斯伯爵夫人。为了您的安全，我希望您最好让您的保镖始终守护在身边。"那位要塞指挥官说着朝底下走去。

当他确认自己走得够远之后，冷冷地将那支箭矢扔在一旁。

"看样子他并没有接受您的好意。"楼梯口传来了那个佣兵的声音。

"那颗冰冷僵硬的脑袋瓜的固执，是出了名的。"沙拉小姐不以为然地说道。

"您想让他明白，收留这些平民是有意义的事情，我说得没有错吧。"迪鲁埃微笑着依靠在楼梯口说道。

"不，这是玲娣的建议，天知道，她怎么会懂得这些令人毛骨悚然的事情。"沙拉小姐耸了耸肩膀说道。

"噢，如果你整天和一群喜欢打猎的人生活在一起，几年来每天都看着他们带回来各种血淋淋的尸体，从中午直到晚上，一直听着他们诉说自己的辉煌战绩，还得显露出兴奋的微笑，你同样会知道这些事情。"

突然间，另一边的楼梯口传来了玲娣那优雅婉转的声音。

"我原本以为，文思顿是个体贴而又知趣的丈夫。"沙拉小姐转过头来说道。

新的危机

"恋爱的时候，这些男人确实非常知趣，但是结婚之后，他们便希望用自己的乐趣来改变我们的兴趣。"玲娣无奈地摇了摇头说道。

两个女人正说得起劲，突然间，要塞的外面传来一阵嘈杂的声音。

紧接着，那报警的钟声再一次敲响，不过这一次，钟声随着一声沉闷的敲击声停了下来。

迪鲁埃的反应非常迅速，他一把拉着那位女士，往楼下奔去。

只听到喀嚓一声巨响，刚才她们悠闲交谈着的楼梯，被伸延进来的一根触角猛力击断。

飞跳到地面上，这个粗鲁的佣兵，从旁边的一个士兵手里，猛地抢过一把扣上弓弦的重型军用弩弓，随手从一个平民的手里，抓过一把箭矢。

那根触角又一次抽落下来，迪鲁埃静静地等着触角猛击在地面上的那一刹那才猛地扣动了扳机。

箭矢狠狠地钉在了触角上端靠近根部的地方，看到那根触角一阵剧烈的扭动，迪鲁埃不知道是否那支箭矢起到了作用。

不过，他绝对不会放过这样的机会。

这个粗鲁的佣兵将自己的弩弓塞到了一个呆愣的士兵手中，然后从另外一个士兵的手里，抢过了另一把上了弦的弩弓。

又是一箭，令迪鲁埃高兴的是，两箭几乎射在了同一个地方。

那根触角开始痛苦地扭动起来，此刻显然已经丧失了力量。

正当粗鲁的佣兵微微有些得意的时候，突然间，两根触角

223

同时从另外两个方向伸了进来。

那两根触角如同愤怒的皮鞭一般，对准里面一阵猛烈的抽打。

折断的楼梯破碎的瓦片，飞溅得四处都是。

正当众人以为末日来临的时候，突然间，一阵尖锐刺耳的声音响起，那些触角纷纷缩了回去。

又是一声尖叫，随着一阵垂死般的猛力抽打，所有的触角渐渐地缓慢了下来。

没有哭泣的声音，此刻每一个人都知道哭泣丝毫没有作用。

每一个人都在默默地进行着自己的工作，那些被摧毁的武器必须尽快得以修复，要塞里面的工匠，这一次有得忙了。

值得庆幸的是，那些平民里面，居然主动走出来几个曾经干过木工的人，这下子就连那位要塞指挥官也没有什么话好说了。

那个造成巨大破坏的魔族被大卸八块，这倒并不是因为发泄或者残忍，而是因为没有办法将它从要塞上完整的弄下来。

致命的一击来自一柄弯刀，一柄狭长的力武士弯刀，接到警报匆匆赶到的圣堂武士们，显然比任何强劲有力的武器都更加有效。

将所有的触角收拢起来，众人这才发现，眼前的魔族看上去并不巨大。

两个军士正在仔细地检验每一个伤口。

"非常奇怪，我相信我的士兵不会擅离职守，更不会松懈警惕，但是为什么无法发现这个魔族的靠近？"那位要塞指挥

官疑惑不解地问道。

他所询问的对象，自然是那四位赶来增援的圣堂武士。

但是看到这些圣堂武士脸上木然的神情，他立刻知道，想要从他们那里得到回答或许并不容易。

"这些东西长得就像是章鱼，会不会也拥有着章鱼的本领？"突然间房门口传来一阵慵懒的声音。

"章鱼？我对于生物学并没有多少了解。"要塞指挥官立刻说道。

"我猜想，迪鲁埃先生的意思或许是指，章鱼拥有变幻自身颜色，以便令身体能够具备和四周环境一致的能力。"旁边的副官显然并非那样孤陋寡闻。

"也就是说，像变色龙一样。"那位要塞指挥官点了点头说道。

听到这番话，那四位圣堂武士互相对望了一眼，显然他们已经想到了什么。

"如果是这样的话，那么万一再有同样的魔族进攻要塞，我们岂不是仍旧无法事先发现？"那位要塞指挥官皱紧了眉头说道。

刚才的突然袭击，一下子将平台顶部的巨弩尽数摧毁，这是最令他感到痛心的一件事情。

而那个奇怪魔族一旦占据顶部平台，底下的巨弩根本就没有办法射击到它的要害，而那东西却能够居高临下，用那细长如同鞭子一般的触角，将士兵们的巨弩扫得一干二净。

仅仅一个魔族便令整个兵团束手无策，以往能够做到这一点的，就只有那些恐怖可怕的诅咒法师。

"最好将这件事情转告魔法协会，只有他们能够找到办法来对付这些新种类的魔族。"其中的一位圣堂武士立刻说道。

这一次要塞指挥官连连点起头来，显然他也感觉到，只有魔法师的帮助，能够令他们摆脱眼前的困境。

正在这个时候，那几个军士已将那个魔族身上所有的伤口检验完毕，其中的一位军士拿着检验报告走了过来。

那位指挥官只是在报告上看了一眼，便微微皱起了眉头。

他偷眼瞧了瞧站在门口的那个邋遢佣兵。

缓缓地走到报告上标记的伤口旁边，那位指挥官从旁边的桌子上，拿起了一副羊膜手套。

将手套带在右手上，这位要塞指挥官，小心翼翼地用手指拨开了伤口。

这道伤口从外表看并不厉害，甚至那流淌出来的血液，也并不比别的伤口更多，但是伤口的附近肿胀得极为厉害，看上去就仿佛是吞下了一只兔子的蛇的身体。

用力撑开那道伤口，这位要塞指挥官，终于看到断折的箭矢和一节翻卷绞拧在一起的铁钩。

"请你代我向你的那位伯爵夫人表示问候，感谢她的帮助。"那个要塞指挥官有些心不甘情不愿地说道。

"能帮得上忙就是一件好事。"迪鲁埃径自回答道，仿佛他就能够代表两位伯爵夫人一般。

对于这个懒怠人物，那位要塞指挥官丝毫没有办法。

"看样子，除了暂时配备一些这种残酷的武器之外，还没有更好的对付这种从来没有人看见过的魔族的办法。"要塞指挥官一边踱着步一边说道。

新的危机

"既然猎手的办法有效，为什么不试试猎手的其他办法？"迪鲁埃笑着说道，不过在别人听来，他的语调之中总是带着一丝嘲弄的味道。

"请您说清楚一些，我不是一个擅长猜谜语的人。"那个要塞指挥官转过头来，看着慵懒佣兵问道。

"为什么不试试用夹子？既然眼前这个东西能够改变自己的颜色，悄无声息地接近我们，在魔法师们找到对策之前，想要依靠眼睛来对付它们，恐怕没有什么用处。

"或许在要塞外面放置一圈陷阱，摆满一地夹子可以让这个东西吃点苦头。我倒是很想看看，这东西的触手被大夹子夹住的时候是什么样子。

"更何况一旦触动了夹子，无疑便是给予我们的警报，不管这东西有没有被夹子夹住，密布的箭矢总是会对它起到一点作用。

"这一次非常不幸，巨弩全都没有派上用场。不过，这个魔族对于巨弩发射出来的箭矢仍旧感到害怕。要不然它也不会用这种突袭的办法，消灭掉对它最具有威胁的平台上的巨弩。"迪鲁埃说道。

"很高兴阁下提出了一个有用的建议。不过从哪里能够弄到如此众多的夹子？万一被夹住的是兔子，或者其他小东西怎么办？还有，我的士兵或许也会无意间踩到那些夹子。"那位要塞指挥官问道。

"你的管理不是非常严密吗？在我看来，这里的士兵如果没有你的命令，绝对不会无缘无故到要塞外面去，至于夹到兔子，那正好可以用来改善伙食，这只要在布置夹子的时候稍微

动动脑子就可以了。

"说到夹子，这里不是有许多工匠吗？让他们去做，虽然缺少钢片和弹簧，要塞里面弩弓可多得是，它们完全可以当做弹簧来使用，如果再需要人手，你所收留的那些平民会证明自己还是有价值的。"迪鲁埃耸了耸肩膀说道。

那位要塞指挥官，这一次皱紧了眉头，思索了片刻之后，点了点头。

"那么，就请阁下负责这件事情，我相信对于夹子，这里没有人比阁下更加了解。"固执的指挥官总算放下了自己的高姿态说道。

没有任何的客气，迪鲁埃吹了声口哨离开了房间。

"我现在总算明白，为什么这个家族能够飞黄腾达了。"旁边的副官发出一声感叹。

"看起来，传闻之中塔特尼斯家族的成员全都拥有绝佳的头脑的说法，并非空穴来风。而且那位塔特尼斯伯爵，显然非常擅长为自己挑选手下。

"听说他到拜尔克的一路上，从难民之中找到了很多平日很难收罗的人才。"

那位要塞指挥官轻轻叹了口气说道。

原本冷冷清清的要塞，一时之间变得热闹起来，到处是丁丁当当的锤打声音。

那个粗鲁佣兵的嗓门，更是响彻了整个要塞。

头儿既然这样卖力，那些佣兵们也自然跑上窜下，自从出了北方领地以来，他们还未曾像现在这样威风过。

两张弩弓并拢在一起，中间撑起一根棍子，制作一个简易的夹子并不困难，这些佣兵们真正起劲的是，怎样让这些夹子更加具有威力。

装上金属碎片布满锋利的倒钩，已是最简单的设计，而那些特别恶毒的构思，甚至令旁边站立着的士兵和平民感到毛骨悚然。

要塞旁边的山坡上，早已布满了尖细的木桩，这些木桩是用来搁放活动木板，以便让人在上面行走。

迪鲁埃亲自站在上面试了试，虽然有些危险，不过倒是不用担心会掉下去。

一个个夹子被放了下去，意犹未尽的佣兵们，仍旧在思索着更加恶毒和阴险的夹子的制作。

布设下那密集的陷阱防御圈的第一天，收获和虚惊同样众多。

从来没有人想到，在这座要塞周围居然有如此众多的小动物，兔子、田鼠、甚至还有一只不长眼的松鸡。

一场虚惊自然引起了要塞士兵们的不满，但是当晚餐里面多了一些野味，不满的情绪立刻烟消云散。

接下来的几天仍旧显得异常平静，只有时而发生的一场虚惊。

不过此刻，那位要塞指挥官的固执和严厉，倒是派上了用场，尽管接二连三的警报，都只是证明是一场虚惊，但是仍旧没有一个士兵敢于掉以轻心。

这天傍晚，从远方而来的一支车队，停在了靠近要塞的路边。

押送这支车队的是一位高级骑士，虽然令人感到有些意外，不过几乎所有人都在猜测，这支车队到底运输什么样的贵重货物。

所有的车夫和大部分士兵，得以进入要塞休息。

一队巡逻兵仔细地检查着那些山字枷，是否将车轮紧紧地锁住，除此之外，还要关心的便是遮盖在大车上面的油布，是否有松动撕裂的痕迹。

在要塞二楼的军官餐厅里面，要塞指挥官和那位骑士坐在主桌上面，两个人时而谈论一下京城里最近的消息，时而介绍一下附近的情况。

对于那位固执而又呆板的要塞指挥官来说，京城里扑朔迷离的局势令他感到担忧。他早已经从各种各样的传闻之中，听说过宫廷态度的转变。除此之外，离开北方领地的他，从北方领地传来的那些消息之中，多多少少也嗅出了一丝味道。

正因为如此，他极力想要从那位来自京城的骑士身上，得到最希望知道的消息。

而对于那位骑士来说，现在是前途未卜，毕竟从后方而来的他，还未曾亲眼见识过真正的魔族。

和这些驻守在前线、早已经在魔族笼罩的阴影之中变得麻木了的军官比起来，他对于魔族的认知，还只是处于传说和记载之中。

这位骑士询问最多的，便是最近魔族出没的情况。因此当他听说，这座要塞刚刚经历过一场厮杀，而且令要塞蒙受重大损失，以至于弄得这里草木皆兵的是一个从未见过的神秘魔族的时候，那个骑士的脸色显得并不怎么好。

新的危机

就在这个时候，突然间一阵嘈杂的铃声响起。

已经经历过许多次这样的场面，无论是那些士兵还是军官，都不再像以往那样恐慌，不过，值班的军官仍旧急匆匆地站立了起来，朝着楼梯赶去。

但是还没有等到那个值班军官上楼梯，报警的钟声已经敲响。

几乎每一个人都立刻离开了餐桌。

大厅里面马上变得异常慌乱起来，远处已经能够听到士兵们的惊呼声。

一连串窗户关闭的声音响起，士兵们争先恐后地将要塞的每一个入口都紧紧封锁了起来。

隔着那厚重的铁栏杆，一支支扣上了弓弦的弩箭，对准了窗外。

突然间，窗外传来了一阵刺耳的嘶叫声，紧接着不知道什么东西，重重地撞击在要塞墙壁上。

不过这一次，除了一些木片碎屑之外，并没有造成多少损失，毕竟那个魔族的力量，还不足以将厚实的要塞墙壁击倒坍塌。

"马文骑士，您非常幸运，能够看到这还未曾为人所熟悉的新的魔族。"要塞指挥官淡淡地说道，他一边说着，一边命令士兵们准备作战。

"那东西的一条触手被夹住了，看样子难以靠近。"值班军官站在楼梯口报告道。

"噢，真是一个不幸的消息，我又得欠那个粗鲁的家伙一个人情。"要塞指挥官嘟囔着说道。

"好吧，赞美仁慈的父神，加把劲把我们的礼物全都发射出去。"那个指挥官命令道。

随着一连串响亮的弓弦声，数十根巨矢笔直地射了出去。

这些粗硕的箭矢的末尾，拖拽着纠结的绳索。

那个奇特的魔族猛力地挥舞着触角，再加上它不停地扭曲着身体，想要射中它确实很不容易。

不过，那纵横交错的绳索，却起到了预期的作用，那猛力挥舞着的触角，很快便和那些绳索纠缠在了一起。

那个蔓藤一般细长的触角，渐渐开始变得无力起来。

"真是新奇而又绝妙的对策，阁下绝对可以获得一枚勋章。"那个骑士看到此情此景，不由自主地说道。

"这并非是我的主意，那个想到这个办法的人，显然是从她所擅长的针线活中得到了启迪。请别再询问我有关这方面的问题，让我保持一点男人的尊严。"要塞指挥官皱紧了眉头说道。

骑士听到"她"的时候，便闭上了嘴巴。他非常清楚指挥官的心情。

一向以来战争都被看成是男人的事情，如果胜利将不得不归功于一个女人，确实会令许多人感到难堪。

突然间，一阵尖叫声钻进了所有人的耳朵，只见那个触角搅在一起的魔族，渐渐失去平衡，朝着地面倒了下去。

那位骑士疑惑不解地看到，旁边的几个士兵都不由自主地皱了皱眉头，但是他们脸上却带着欣喜的微笑。

"发生了什么事情吗？"那位骑士向要塞指挥官询问道。

"这一下子有那个魔族受的，它倒下去的地方是陷阱区，底下至少有二十几个夹子正等着它。"那个要塞指挥官说道。

正说着，只听到外面发出了一连串凄惨的哀号。

这下子，就连那个骑士也显露出痛苦的神情。在他看来，如果他处在这样的处境，他或许宁愿让一支箭矢夺取性命。

一阵剧烈的翻腾，紧随而至的是又一连串的惨叫声，翻腾变得越来越衰弱，显然那个魔族已经没有多少力气挣扎了。

箭矢如同雨点一般倾泻而下，面对着这难以动弹的魔族，每一个士兵都仿佛感到自己是不可一世的勇士。

正当众人感到无比欣喜的时候，突然间，另一根触角从一个没有人注意的角落，伸了过来。

几声凄厉的惨叫，令所有人感到震惊。

那猛力乱抽的触角，将那些没有提防的不幸的士兵，扫落到了那高耸的墙壁下面。

此刻再调转巨弩显然已经来不及了，幸好就在这个时候，几道亮丽的刀光，交织在一起朝着那个魔族笼罩过去。

力武士的强悍，再一次显露无余，不过那个不为人知的魔族，显然非常清楚力武士们的厉害。

硬挨着被削断了两根触角，那个魔族扭动着触角，飞快地朝着后面退却离去。

一路上，这个可怕的魔族还不停地卷起路边的马车，它仿佛是发泄似的将马车随意投掷。

"攻击它站立的触角。"

不知道是谁在看到力武士们几次飞跃而起，却无功而返之后，猛然间叫了起来。

醒悟过来的力武士们，开始追逐着那纤细的触角，展开了猛烈的攻击。但是令人感到无奈的是，这宛如是一场猛虎和鹞

鹰的较量。

　　那个居高临下的魔族，不停地更换着着地的触角，与此同时，还用其他触角卷起四周的东西猛抽猛砸。

　　这种疯狂的攻击方式，甚至令从来未曾在近身战斗中落过下风的力武士们都感到郁闷不已。

　　这个跳舞着的章鱼，无疑是最难缠的对手。

　　要塞上的士兵们，眼睁睁地看着下方的力武士们孤军奋战，却丝毫帮不上忙，此刻他们的位置早已经超出了普通弩弓的射击范围。

　　"调转巨弩，发射箭矢，用绳索将那东西的触角缠住。"

　　要塞指挥官突然间命令道。

　　一发发粗硕的箭矢，带着系在后面的绳索飞了出去。

　　那个魔族显然对这些箭矢带有一种异样的恐慌，但是就在所有人感到胜利即将到来的时候，突然间，为首的一位力武士倒了下来。

　　其他力武士奋力地挥舞着弯刀，步步倒退。

　　士兵们或许还未曾反应过来，同来的圣堂武士之中的那位仅有的能武士，显然已经知道同伴们遭遇到了什么。

　　带着一阵吱吱怪响，身穿着厚重到不可思议的巨大铠甲的能武士，缓缓地伸到了空中。

　　蓝色的电光，围绕着他的身体正在越聚越多，底下所有的士兵看到此情此景，全都知道那最强悍而又致命的闪电风暴，即将出现在他们眼前。

　　但是令所有人都想像不到的是，突然间天空中传来一阵刺耳的尖叫声，那显然并非是人类所能够发出的声音。

　　紧接着，一阵耀眼的扭曲着的蓝色电芒，猛然间笼罩在前方的山坡上，没有任何声息。被闪电风暴击中的任何生物，毫无疑问就连发出惨叫的机会都没有。

　　但是此刻，那位飞翔在空中的能武士，显然情况也不好，他的身形扭曲着摇摆着，那蓝色的电芒显得忽明忽暗。

　　让所有人都感到难以理解的是，那蓝色的电芒缓缓地朝着前方飘去。

　　而此刻那几个力武士已经艰难地逃了回来，他们的身上布满了伤痕，这些伤痕全都来自一些纤细而又锋利的晶刺。

　　虽然晶刺并没有击中要害，不过很多穿透了他们那强健得令人难以想象的肌肉，这些魁梧如同巨人一般的身躯上，此刻全都布满了斑斑血迹。

　　不过，这些身受重伤的力武士，却没有一个试图让别人帮他们包扎伤口，他们全都仰望着天空，目送着他们那位同伴的远去。

　　那位飞翔在空中的能武士，此刻已变成了一个蓝色的小点。

　　突然间，远处的天际传来一阵震耳欲聋的轰鸣，蓝色的闪电将很大一块范围都紧紧地笼罩在里面。

　　那个奇特的魔族，就在闪电笼罩的区域里面，它的半个身体，被飞窜的闪电包裹了起来。

　　一阵蓝色的黯淡火焰，将那挥舞着的触角尽数吞没，还没有等到触角放落下来，它们已化为飞散的灰烬。

　　正在这个时候，刺耳的尖叫声再一次从天空中传来，这一次在要塞火把和灯光的映照之下，那丑陋的元凶终于显露出踪迹。

猛力地挥拍着那蝙蝠般的翅膀，那个飞行恶鬼正打算重新脱离众人的视线。

五六支箭矢同时朝着它射来，其中的两支将这个卑劣的生物，变成了一具坠落的尸体。

但是，这一切已经来不及，一位刚强勇猛的力武士倒了下来。

看着漆黑的夜空，剩下的那两位力武士，不由自主地站到了要塞的门沿底下。

"这和以往魔族的行动，好像并不太一样。"不知道谁喃喃自语道。

这番话提醒了旁边的所有人。

"魔族好像开始懂得配合作战了，它们甚至能够设置圈套。"要塞指挥官看着远方，同样自言自语一般地说道。

"我担心接下来的战斗将更为艰难。"旁边的那位骑士充满了忧愁地说道。

正当众人为了未来而担忧的时候，突然间，远处黑暗中仿佛有一片阴影在缓缓晃动着。

此刻几乎每一个人都知道，刚才那位勇敢而又可敬的能武士，在生命即将终结的时候，那惊心动魄的闪电能量的全部释放，并没有意味着战斗的结束。

无论是士兵还是其他人，都感到气氛无比凝重。

一种不祥的预感，突然间出现在他们的心头。

如果说，魔族真的拥有了战争的智能，那么毫无疑问能够在空中飞翔、能够将士兵放落在任何地方的它们，会设法将北方领地和其他地方的联系截断。

虽然此刻丝毫看不出魔族有大举进攻的架势，但是对于魔

族以数量取胜之战术极为熟悉的他们，此刻面对着截然不同的作战方式，一时之间，所有人都感到微微有些恐慌起来。

那黑暗和阴影越来越接近。

没有人知道那是什么，甚至有人开始感到恐慌起来，或许那黑色的阴影是缓缓弥漫过来的、诅咒法师所喷吐的血雾。

一阵慌乱，要塞的所有窗户都被紧紧地封闭了起来，就连那两位幸存的力武士，此刻也退回到了要塞里面。

"发几支火矢。"那位要塞指挥官命令道。

随着几点零星的黯淡光芒，众人终于看清远处那缓缓而来的一片阴影，那片阴影确实如同云雾一般，看到此情此景的士兵们更感到恐惧起来。

"关上门，快关上门。"

不知道是谁首先慌乱地叫了起来。

"关上门就只有等死！"

那位要塞指挥官高声咒骂道，不过此刻他自己心中也没底，根本就不知道应该采取什么样的对策。

"让平民全都进入地窖。"要塞指挥官斩钉截铁地说道。

他转过头来，对着那位骑士说道："您和您的部下并不属于我的管辖，也没有义务守卫这座要塞，您同样有权力进入地窖。"

那个骑士冷冷地看了要塞指挥官一眼，说道："如果此刻不是在战斗之中，我会为阁下刚才所说的这番话要求决斗。"

说到这里，他缓缓地伸出了自己的右手。

要塞指挥官同样伸出右手紧紧握了一下，然后点了点头说道："很荣幸能够和您并肩战斗。"

"我同样荣幸，能够见到像阁下这样英勇无畏的军官。"

要塞里面乱作一团，已经经历了太多的众人，此刻已不再为即将到来的命运而哭泣。

两位伯爵夫人指挥着平民们钻进地窖，她们俩并不希望在此时此刻表现自己的勇敢，因为她们非常清楚，此刻两个女人的力量，根本对于扭转战局于事无补。

此刻要塞里面只有一个人显得极为悠闲，他溜溜达达地来到了那位指挥官的身旁。

"迪鲁埃先生，为什么你不进入地窖？"那位指挥官问道。

"那里没有我的位置，让女人们待在里面好了，我来看看你需不需要什么帮忙，我和我的兄弟们可都已经准备好了。"迪鲁埃笑了笑说道。

那位要塞指挥官看了一眼往日极为厌烦的佣兵，此刻这张仍旧显得邋遢慵懒的面孔，突然间变得顺眼了许多。

"把所有的出入口全部堵上，每一个出入口都站两个士兵，准备泥土和水，如果那真的是诅咒法师的血雾，也没有什么好怕的。"要塞指挥官突然间高声喊道。

"我们两个人待在里面不会有任何作用。"那两个仅剩的力武士说道。

说着他们飞身出了要塞，消失在夜色之中。

要塞的门在隆隆声中紧闭了起来，光线一点一点的消失，最终整座要塞融入了一片黑暗之中。

那两位力武士虽然拥有着强悍的力量，但是他们同样无法看透黑暗。

凭着那黯淡的星光以及身体异常灵敏的反应，这两位勇敢

的力武士，悄悄地绕过那片云雾朝着远处摸去。

突然间，那团云雾里面隐隐约约的声音引起了他们俩的注意，那是脚步声还有阵阵强劲有力的心跳。

"那不是血雾。"其中一位较为年长的力武士，压低了嗓音说道。

"是用来阻碍视线的烟雾，就像我们用来对付那些魔族眼睛的办法一样。"另外一位力武士说道。

"你返回去，通知要塞里面的人。"年长的力武士命令道。

没有任何的迟疑和争辩，两位力武士各自进行着他们的工作。

那位年长的力武士，直接朝着那团迷雾冲去。

他无从知道，魔族到底是用什么办法制造了这些迷雾，他惟一知道的就只有一件事情，那便是如果让这些被浓雾所笼罩的魔族接近要塞，结果将是一场杀戮。

视觉已经变得毫不重要，只有听觉还有一点点的用处，不过用处同样极为有限，听觉能够告诉给他的，就只有哪个方向的魔族数量较多。

已不存在任何招数，这位年长的力武士，将两柄弯刀盘旋舞动如同风车一般。

这是此刻惟一有效的做法，将身边的一切都砍成两段，反正在这片伸手不见五指的浓雾底下，根本就不用担心会引起误伤。

突然间，左侧远处传来了刀刃劈开空气的声音。

这位年长的力武士稍稍放下心来，他的那位同伴，显然已经完成了警告的工作，返回到他的身边，帮助他一起解决这些魔族。

虽然脑子里面这样想着，但是他的手中一刻都不敢停下来。

"你是否还能够坚持得住？外面有几只飞行恶鬼，我先将它们解决掉，只可惜那个魔族眼睛的位置实在太高，我根本就没有办法够到它。"

浓雾之中传来一阵稚嫩的声音，显然绝对不是来自己的同伴。

不过这位年长的力武士立刻猜到，此刻在浓雾之中和他并肩作战的到底是谁。

看着天空中那远去的魔族眼睛，系密特感到有些无奈，无法飞翔在空中的他，只能够眼睁睁地看着这个罪魁祸首逃离。

虽然战斗仍旧在继续，但是没有了那个空中的眼睛，此刻那些隐藏在浓雾里面的魔族士兵，简直就是瓮中之鳖。

那个躲藏在暗处、最令人感到恐怖和讨厌的诅咒法师，已被劈成两段，那些伺机偷袭的飞行恶鬼，也已被钢针所钉穿。

除了那仍旧未曾消散的浓雾，最大的威胁已经不存在。

朝着远处那个匆匆赶来的年轻力武士打了个招呼，系密特拔出了背后的弯刀。

三个人工作，总是远比一个人工作来得强。

一阵旋风般的砍削，系密特不清楚自己到底杀了多少魔族士兵，那弥漫的浓雾阻隔他们视线的同时，也令这些魔族士兵变成了瞎子。

而在黑暗中对战，注重技巧胜过于力量的力武士自然占尽上风。

战斗已经变成了单方面的杀戮，胜利只是时间问题。

《魔武士》未完待续……

华语玄幻世界极需您的参与，鲜网广征玄幻小说高手
请到 www.myfreshnet.com 开展玄幻写作的春天

有奖征集玄幻系列书评

几千万网迷喜爱推崇,翘首以待的原创玄幻系列由英特颂倾情打造,现已新鲜上市!!

非常感谢您的关注!

您可以把您对本系列书的任何精彩评论和宝贵意见以信件或 E-mail 的形式发给我们,长短不限,形式不拘。

如果您的评论足够精彩,我们将收录到系列书末。届时,我们还会把印有您精彩评论的英特颂玄幻系列丛书送到您的手上,作为奖励。

感谢您支持英特颂玄幻系列!
期待您的继续关注!

我们的地址: 上海市局门路 427 号 B 座 5 楼
　　　　　　英特颂玄幻俱乐部
邮政编码: 200023
我们的 E-mail: tianmaxingkong2005@citiz.net

英特颂玄幻俱乐部会员调查表

个人资料：

姓名：＿＿＿＿＿＿＿　　性别：□男　□女

出生日期：年＿＿＿＿月＿＿＿＿日＿＿＿＿

身份证号码：＿＿＿＿＿＿＿＿＿＿＿＿＿＿＿

职业：□学生　□办公室白领　□自由职业者　□其他＿＿＿＿＿＿＿

调查问卷：

你购买的书名：《魔武士⑥新的危机》

1. 你从什么渠道得知英特颂玄幻系列丛书？
   □网络　□书店广告　□广播　□电视　□报刊　□亲友推荐
   □其他＿＿＿＿＿＿＿

2. 你最喜欢玄幻文学的什么特点？
   □超时空想像力　□时尚流行风格　□主人公个性魅力
   □惊险刺激情节　□最新兵器装备　□其他＿＿＿＿＿＿＿

3. 你觉得与科幻玄异文学相比，玄幻文学的亮点在哪里？
   □想像力更丰富　□科幻色彩更逼真　□人物个性更鲜活可爱
   □主角更加平民化　□更多游戏开发空间　□其他＿＿＿＿＿＿

4. 你选择阅读某本玄幻小说的依据是：
   □网站点击率排行　□网站或论坛推荐　□媒体介绍　□亲友推荐
   □作者　□情节　□人物　□文笔　□兵种或武器　□随意浏览
   □其他＿＿＿＿＿＿＿

5. 玄幻小说主人公留给你的最深印象是：
   □传奇经历　□幽默语言　□过人才干　□鲜明个性　□超好运气
   □其他＿＿＿＿＿＿＿

6. 如果《魔武士》被开发成游戏产品，你希望是什么种类：
   □手机游戏　□家用游戏（PS/Gameboy/Mbox）　□电脑联机游戏
   □电脑单机游戏　□电脑网络游戏　□其他＿＿＿＿＿＿＿

7. 如果《魔武士》开发成玩偶产品，你最希望得到的是：
   □系密特　□塔特尼斯伯爵　□圣堂武士　□魔族士兵
   □格琳丝侯爵夫人　□其他＿＿＿＿＿＿＿

8. 你希望以什么方式参加英特颂玄幻俱乐部的互动？

    □同人志大赛　□Cosplay 大赛　□书评征集大赛　□其他＿＿＿＿＿＿

9. 你对本书以下方面满意度（满分 5 分）：

    □故事情节＿＿＿＿＿＿　　□人物个性＿＿＿＿＿＿　　□作者文笔＿＿＿＿

    □封面设计＿＿＿＿＿＿　　□内文版式＿＿＿＿＿＿

10. 你经常的购书方式有：

    □书店　□网络邮购　□书市　□出版社邮购　□其他＿＿＿＿＿＿＿＿

11. 除玄幻小说以外，你平时喜欢阅读的书籍种类还有：

    □文学　□动漫　□军事　□历史　□旅游　□艺术　□科学

    □传记　□生活　□励志　□教育　□心理　□其他＿＿＿＿＿＿＿

联系方式：

    电话：（办公）＿＿＿＿＿＿（宅）＿＿＿＿＿＿手机：＿＿＿＿＿＿

    学校或家庭地址：＿＿＿＿＿＿＿＿＿＿　邮编：＿＿＿＿＿＿

    E-mail：＿＿＿＿＿＿＿＿＿　QQ/MSN：＿＿＿＿＿＿＿

个人档案：

    最常去的玄幻网站：＿＿＿＿＿＿＿＿＿＿＿＿＿

    最喜欢的玄幻小说：＿＿＿＿＿＿＿＿＿＿＿＿＿

    最喜欢的玄幻作家：＿＿＿＿＿＿＿＿＿＿＿＿＿

给我们的建议：＿＿＿＿＿＿＿＿＿＿＿＿＿＿＿＿＿＿＿

＿＿＿＿＿＿＿＿＿＿＿＿＿＿＿＿＿＿＿＿＿＿＿＿＿＿＿＿＿＿

＿＿＿＿＿＿＿＿＿＿＿＿＿＿＿＿＿＿＿＿＿＿＿＿＿＿＿＿＿＿

      恭喜你！只要完整填写以上调查表并寄回上海英特颂图书有限公司，即可加入英特颂玄幻俱乐部！你可以 15 元/本的优惠价邮购《魔武士》及其他英特颂玄幻系列丛书，更可优先获得赠品和参加俱乐部会员活动！

    邮购地址：上海市局门路 427 号 B 座 5 楼

           英特颂玄幻俱乐部

    邮政编码：200023

    E-mail：tianmaxingkong2005@citiz.net

    注：请在汇款单附言栏内写明你要购买的书名、册号和册数，并按 15 元×册数的数目汇款。平邮免邮费，挂号每本另加挂号费 3 元。5 册以上免收邮挂费。款到 10 个工作日内发书。